가윈 경과 녹색기사

Sir Gawain and the Green Knight

가윈 경과 녹색기사

대산세계문학총서 092

이동일 옮김

문학과지성사
2010

대산세계문학총서 092_시

가원 경과 녹색기사

옮긴이 이동일
펴낸이 이광호
펴낸곳 ㈜**문학과지성사**
등록번호 제1993-000098호
주소 04034 서울 마포구 잔다리로7길 18(서교동 377-20)
전화 02) 338-7224
팩스 02) 323-4180(편집) 02) 338-7221(영업)
전자우편 moonji@moonji.com
홈페이지 www.moonji.com

제1판 1쇄 2010년 2월 26일
제1판 4쇄 2023년 9월 20일

ISBN 978-89-320-2042-6
ISBN 978-89-320-1246-9(세트)

이 책은 대산문화재단의 외국문학 번역지원사업을 통해 발간되었습니다.
대산문화재단은 大山 愼鏞虎 선생의 뜻에 따라 교보생명의 출연으로 창립되어
우리 문학의 창달과 세계화를 위해 다양한 공익문화사업을 펼치고 있습니다.

차례

일러두기

우리말 번역에 주로 참조한 중세영어판은 *Sir Gawain and the Green Knight*, Edited by Norman Davis, Oxford, Oxford University Press, 1972이다.

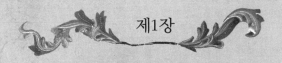

제1장

트로이 도시에 대한 포위와 공격이 끝난 후   1

도시는 파괴되어 불에 타 그을린 나무와 잿더미로 화했고,

그곳에 배반의 올가미를 쳐놓았던 자는

지상에서 가장 사악한 음모를 자행했다.

고귀한 아이네이아스[1]와 그의 혈족은 후에 여러 영토를 정복하고 서방
세계에 있는 모든 부(富)의 통치자가 되었다.

위대한 로물루스는 신속히 로마로 나아가

장엄한 도시를 건설하고

지금까지 불리는 대로 자신의 이름을 본따

그 도시를 로마라고 명명했다.

티리우스는 투스카니로 향하여 여러 도시를 건설했고,

---

1 아이네이아스: 트로이가 멸망한 후 이탈리아로 건너가서 후에 로마가 되는 곳을 발견한다.
전쟁 영웅으로서 트로이에 확실한 영예를 안겨주었으나, 후에 안테노에게 배신당하는 비운
에 연루된다.

랑고바드는 롬바르드에서 많은 성읍을 구축했다.

그리고 저 멀리 영국 해협을 건너 펠릭스 브루투스[2]는

수많은 광활한 언덕 위에 영화로운 브리튼을 세웠다.

그곳에서는 전쟁과 보복, 그리고 기이한 일들이 때때로 발생했으며,

줄곧 기쁨과 고난이 신속히 번갈아 일어났다.

브리튼이 이 고귀한 용사에 의해 세워지자   20

그곳에서는 무용을 좋아하는 용맹스러운 자들이 태어났으니,

그들은 많은 환난의 때에 불행을 야기시켰다.

내가 알기로 그 후 이곳에서는 다른 어느 나라에서보다도

더 많은 기이한 일들이 발생했다.

내가 들은 바에 의하면 이곳 브리튼을 통치했던 왕 가운데

아서왕이야말로 가장 고귀한 왕이었다고 한다.

이런즉 나는 보기에 참으로 놀라운 일이라 여겨지는 어떤 이들과

또한 아서왕에 관한 이야기 중 가장 기이한 것이라 일컬어지는 실제 모
험담을 들려주고자 하는 바이다.

그대들이 이 이야기에 잠시나마 귀를 기울여준다면

내가 뭇 사람들 틈에서 들었던 대로 낭송하겠다.

---

2 펠릭스 브루투스Felix Brutus가 의미하는 바는 '축복' 혹은 '행운'이다. 아이네이아스의 손
자로서 사고로 사냥 도중에 자신의 아버지를 죽임으로써 유배생활을 시작하게 되는데, 그러
다가 발견한 섬에 정착하게 된다. 그는 그 섬(영국)을 자신의 이름을 따서 브리튼Britain이
라고 하고, 자신의 동료들을 브리튼즈Britons라고 명명했다.

이 이야기는 글로 기록되어

대담하고 감동적인 이야기로 정착되었으니

오래된 이 땅의 전통에 따라 적절한 어휘들로 잘 배열된 것이라.

크리스마스 철이 되어 아서왕은 카멜롯[3] 궁정에서

기품 있는 수많은 귀인들과 더불어 최상의 기사들과 함께 있었다.

형제애로 뭉친 고귀한 원탁의 기사들은

궁중 예법에 맞춰 장려한 향연에 참석하여 무사태평 속에서

유쾌한 나날들을 보내고 있었다.

그곳에서 이 고귀한 기사들은 수차례에 걸쳐

용감하게 마상창시합에 임했고

곧이어 흥겨운 노랫가락과 원형 춤[4]을 즐기기 위해 궁정으로 돌아왔다.

그곳에서는 인간이 생각할 수 있는 온갖 최상의 음식과 여흥이

보름 동안[5] 하루도 빠짐없이 계속 이어졌다.

환희에 찬 유쾌한 소리들은 듣기에도 영화로웠으니,

낮에는 즐거운 환성으로 가득했고 밤에는 가무가 진행되어

---

3 카멜롯은 아서왕의 궁정이 있다고 일컬어지는 영국의 전설적인 장소로서 현재 웨일스와 콘월의 일부 지역과 윈체스터Winchester가 해당 지역으로 거론된다.
4 원형 춤carol-dances: 노래에 맞추어 동그랗게 원을 그리며 추는 춤으로, 노래는 모든 사람이 함께 춤을 추며 부르거나 또는 한 사람만 부르고 다른 사람들은 서 있거나 하는 방식으로 진행되었다.
5 중세의 크리스마스 축제는 원래 크리스마스 당일부터 다음 해 1월 6일까지 12일간이다. 아서왕의 궁에서 열린 보름간의 축제는 그보다 더 화려한 것임을 표현하고 싶었던 것으로 추측된다.

궁궐의 홀과 각 방에 있는 귀인들 사이에서 지고의 행복이 넘쳤다.

이와 같이 그들은 세상의 온갖 부귀영화를 즐기며 그곳에서 함께 지냈다.

이 궁에는 세상에서 가장 고명한 기사들과 가장 아름다운 여인들이 있었으며

궁전을 다스리고 있던 그 왕은 역대 왕들 가운데 가장

출중하고 또한 가장 수려한 외모를 지니고 있었다.

궁궐에 모여 있는 이 아름다운 사람들은

그들 인생의 최상의 시기에 있는

세상에서 가장 행복한 자들이었다.

그곳의 왕은 고귀하고 원대한 성품을 지닌 자였으며,

세상 어느 성에서도 이처럼 용맹스러운 기사 집단을

찾아보기란 쉬운 일이 아니었다.

때는 이제 막 도래한 정초(正初)였으니　　　　　　　　　　60

그 무리들은 향연장의 테이블에 앉아서 온갖 진수성찬을

대접받게 되었다.

예배당에서 울려 퍼지던 찬양이 끝나갈 무렵에

아서왕이 그의 기사들과 함께 홀 안으로 들어섰다.

그리고 성직자와 평신도들에 의해서 요란스러운 외침이 울렸으며,

그들은 크리스마스를 새로이 경축하며 '메리 크리스마스' 라는 환호를

연거푸 외쳤다.

그리고 고귀한 기사들이 행운의 징표를 주기 위해 앞으로 나아가

'신년 선물[6]이요!' 라고 크게 외치며 몸소 선물을 꺼냈다.

그리고 선물들을 놓고 열띤 경쟁이 벌어졌으니

여인네들은 비록 게임에 졌지만 크게 웃음을 터뜨렸으며

게임에 이긴 기사는 과히 기분이 나쁘지 않았으니 이유는

여러분이 능히 아는 바라.

이러한 유희와 오락은 정찬이 제공될 때까지 계속되었다.

이윽고 그들은 예의 바르게 손을 씻고 향연장의 식탁에 앉았으며,[7]

가장 영예로운 왕은 합당한 궁중 예법에 따라 늘 그래 왔듯이 상석을 차지했다.

화려한 의상을 갖춘 왕비 귀느비어[8]는

가운데에 위치한 귀빈석에 앉았는데,

호화로운 장식물이 온몸을 감싸고 있었으며 고운 결의 비단

휘장이 그녀의 몸 주위에 드리워져 있었다.

머리 위에는 툴루즈 산의 값비싼 최상의 천으로 만들어진

천개가 있었으며

그 천개는 최상의 값진 보석으로 장식하여 수놓은

---

6 크리스마스보다는 신년에 선물을 주고받는 것이 더 일반적이었다. 선물을 알아맞힌 사람은 키스를 하고 틀린 사람은 키스를 받는 게임으로써 승부에 상관없이 키스를 주고받으니 어느 누구도 기분 나쁠 리 없다.

7 향연장은 평평하지 않고 한쪽이 약간 높아서 연회를 주최하는 이와 귀한 손님들이 그 자리를 차지하던 것이 중세시대의 관례였다. 아서왕은 홀 전체를 바라볼 수 있는 상석의 중간에 위치한다.

8 왕비 귀느비어의 눈을 회색이라고 표현된 것은, 전통적인 중세 로망스에 등장하는 미인의 눈빛이 회색이기 때문이다. 중세시대에 표현된 회색 눈이 요즘 우리가 알고 있는 푸른 눈빛이라는 주장도 있지만, 사실 대부분의 푸른 눈은 푸른빛이 도는 회색이고 원색의 푸른 눈은 극히 드물다.

타르시안 산의 화려한 비단 천이었다.

그녀는 보기에 심히 아름다웠으니 그녀가 회색 눈으로 주변에 슬쩍 눈길을 던질 때

세상의 그 누구도 그보다 더 아름다운 자태를 볼 수 있으리라 장담할 수 없을 정도였다.

하지만 아서왕은 모든 이에게 음식이 제공될 때까지 거기에 손댈 의사가 없었다.

85

그는 젊은이들에게서 볼 수 있는 아주 경쾌한 마음에 사로잡혀 있었으니 그것은 소년들에게서나 볼 수 있는 기질이었다.

그는 활달한 생활을 좋아했으니 오랫동안 빈둥빈둥 드러누워 있는다거나

할 일 없이 앉아 지내는 것을 결코 좋아하지 않았으며,

그의 젊은 혈기와 쉴 새 없이 모험을 찾고자 하는 성미는 그를 가만히 두지 않았다.

그가 또 다른 습관에 영향을 받은 것으로 말하자면

이것은 자신의 명예에 관한 것으로 간주했으니

이전에 들어본 적이 없는 기이한 모험담

그가 실제 이야기로 믿을 수 있는 왕 혹은 귀인들에 관한

경이로운 이야기,

무공에 관한 새로운 모험담을 듣기 전

또는 신뢰할 만한 어느 기사가 그에게 마상창시합을 제안하고

운명의 여신이 어느 한쪽에 행운을 안겨줄 때까지

온갖 위험을 무릅쓰고 서로의 목숨을 맡기기를 간청하기 전에는

결코 음식에 손을 대지 않겠다는 것이었다.

이러한 것이 그의 고귀한 기사들과 궁궐 홀에서 화려한 모임을 함께할 때

보여주는 습관이었다.

그리하여 그는 득의에 찬 모습으로

정초에 모든 이들과 활달하게 웃고 즐기면서

그의 자리에 서 있었다.

이와 같이 이 담대한 왕이 그곳에 서서

연회석의 상석에 위치한 귀인들과 사사로운 이야기들을

공손하게 나누고 있는 자리에서

완벽한 기사 가윈 경은 귀느비어 왕비 옆에 자리를 잡고 앉아 있었으며,

그의 다른 편에는 강한 손을 지닌 아그레베인[9]이 앉아 있었다.

그들 둘은 왕의 조카였으며 참으로 충성스러운 기사들이었다.

귀빈석의 중앙에 위치한 아서왕의 오른쪽에는 주교 볼드윈이 있었고

우리인의 아들 이웨인[10]이 그와 짝이 되어 정찬을 대접 받았다.

---

9 아그레베인: 가윈의 형제. 이들 둘은 롯 오프 오크니 왕의 아들로서 어머니는 안나이다. 안나는 아서왕의 어머니와 첫번째 남편 틴타젤 공작 사이에서 난 딸이며 아서왕의 이복누이이다.

10 아서왕의 오른쪽에 자리한 볼드윈은 성직자 중 최고의 지위인 주교였다. 그 옆에 앉은 이웨인은 작품 후반에 중요한 인물로 밝혀지는 아서왕의 또 다른 이복누이인 모건 르 페이 Morgan le Fay의 아들이다.

이와 같이 상석을 차지한 귀인들은 그들의 격에 맞게 명예로운 대접을
받았다.

그리고 연이어 충성스러운 많은 기사들이 홀의 벽을 따라
배치된 낮은 식탁에 앉아 있었다.

이윽고 빛나는 깃발이 수도 없이 달린 나팔의 우렁찬 소리가 울리면서
첫번째 코스의 음식이 들어왔다.

케틀드럼과 멋진 파이프 악기에서 터져나와 울려 퍼지는 새된 전음이
요란한 반향을 일으켰다.

식탁 위에 다 놓을 수도 없을 만큼 수많은 접시에 신선한 고기가 담기고
스튜가 담긴 은제 그릇들이 차례로 들여지고,

모든 사람이 원하는 대로 마음껏 음식을 취했다.

짝지어진 두 사람에게는 열두 가지 요리와
맛 좋은 맥주, 그리고 빛나는 포도주가 제공되었다.

이제 여러분에게 그들이 어떻게 대접받았는가에 대해서는 130
더 이상 언급할 필요가 없으리라 생각되는 바이다.

누구나 알 수 있듯이 그곳에는 전혀 부족한 것이 없었다.

이때 갑자기 또 다른 새로운 소리가 가까이 들려왔으니
이는 아서왕으로 하여금 음식을 취할 수 있게 하는
신호였음이라.

첫번째 코스의 음식이 향연장에 정중히 들여지고
트럼펫 소리가 끝나기가 무섭게,

세상에서 가장 큰 무시무시한 모습의 한 사람이

말을 탄 채 홀의 문으로 돌진해서 들어왔다.

두툼한 가슴 윗부분은 딱 벌어지고 육중한 허리와 팔, 다리는

참으로 길었으니

그는 반쯤은 거의 거인인 형상을 지니고 있었다.

하지만, 내가 단언컨대, 그는 사람들 중 가장 몸집이 컸으며

커다란 몸집에도 불구하고 말을 타는 사람 가운데 가장

아름답고 균형 잡힌 몸매를 지녔었다.

비록 그의 몸통—— 등과 가슴은 무시무시한 분위기를 자아내는

형상이었지만

복부와 허리 부분은 날씬하게 균형이 잡혔으며

몸의 각 부분은 서로 조화롭게 균형을 이루고 있었다.

너무도 환히 눈에 띄는 그의 몸 색깔에 사람들은 놀라움을

금치 못했다.

그의 전신은 온통 반짝거리는 녹색으로 빛나고 있었다.[11]

그 기사와 그가 걸친 의상은 모두가 녹색이었으니   151

몸에 꼭 끼는 튜닉 상의는 허리에 착 달라붙어 있었고,

그 위로 화려한 민소매 망토가 걸쳐 있었는데

망토의 안쪽은 가지런히 다듬은 모피를 대고

---

11 녹색기사는 로망스에 자주 등장하는 인물이다. 녹색기사가 인간의 범주를 넘어선 초월적
　 존재의 양상을 지니고 있음을 의미한다.

가장자리는 순백색 담비 모피를 대어 눈이 부실 지경이었다.

머리타래에서 늘어뜨려 어깨 위로 드리워진 두건도

모피로 장식되었으며 녹색을 띠고 있었다.

그가 입은 맵시 있는 긴 양말바지 역시

종아리에 착 달라붙어 녹색으로 빛을 발하고 있었다.

그 밑으로는 호화로운 줄무늬 장식이 들어간 비단 띠를 두른 황금색 박차가 빛을 발하고 있었으며

등자 위에 얹은 발은 전투용 구두를 신고 있지 않았다.

그의 모든 의상은 눈부신 녹색 빛을 발하고 있었다.

벨트 위의 금속 띠나 그의 우아한 의상에 화려하게 장식된

보석도 모두 녹색으로 반짝이고 있었다.

그의 몸에 치장된 보석들과 수놓인 비단 위에 얹힌 안장,

그곳에 박힌 보석들이 모두 녹색을 띠고 있었다.

새와 나비, 금색이 들어간 녹색의 휘황찬란한 장식들이 어떻게 수놓였는지,

그 반만이라도 설명하는 것조차 불가능하다.

말의 가슴에 늘어뜨려진 화려한 장식, 눈부시게 빛나는

안장 끈, 말굴레의 재갈에 박힌 장식 징, 이러한 모든 금속

세공 장식들 역시 녹색 빛이었다.

그의 발에 얹힌 등자, 안장의 위쪽 돌기 부분과 화려하고 멋진 안장의 다래도

눈부신 녹색으로 끊임없이 빛나고 있었다.

실로 그가 타고 있는 억세고 거대한 말 역시

마찬가지로 녹색이었다.

화려하게 장식된 고삐로 채워진 말은 워낙 드세어 제어하기 힘들었으나
주인에게는 너무나도 온순하기만 했다.

온통 녹색으로 치장된 옷을 걸친 이 기사는 보기에 참으로 훌륭했다.　　179
그의 머리 색은 말의 갈기 색과 조화를 이루었으며
그 아름다운 머리타래도 어깨를 따라서 물결 모양으로 굽이치고 있었다.
가슴팍 위로 드리워진 덤불을 연상시키는 턱수염은
머리에서 내려뜨려진 그 멋진 머리 타래와 함께
팔꿈치 위 부분에서 둥그스레 잘 다듬어져 있었다.
그런즉 그의 팔이 목 주위를 꼭 끼어 에워싸는 왕의 망토 같은[12] 머리
타래에 덮여서
반쯤 가려져 있었다.
말의 갈기는 그 기사의 거대한 턱수염이나 머리결과 같은 색으로
잘 다듬어져 아름답게 곱슬곱슬했다.
거기에는 말의 갈기와 금실이 서로 꼬여 엮인 수많은
장식매듭이 달려
황홀한 녹색 빛을 발하고 있었다.
말의 갈기와 꼬리털은 완벽하게 멋진 조화를 이루었다.
이것들을 모두 선명하게 빛나는 녹색 띠로 묶어서 값진
보석으로 장식하고

---

12 '왕의 망토 같은' : 이런 종류의 비유는 화자의 마음속에 당시 캔터베리 성당에 있던 흑기
　사 초상의 헬멧을 떠올린 것이라 추정된다.

정교하게 꼬인 매듭이 달린 끈으로 단단히 고정시켰으며
꼬리털 끝에서는 밝게 빛나는 작은 황금 종 몇 개가
딸랑거리고 있었다.
사람들은 궁궐 홀에서 일찍이 그와 같은 기수를 본 적이 없었다.
그가 슬쩍 눈길을 돌리면 번갯불 같은 섬광이 번뜩였다.
그런즉 그를 본 자는 그가 휘두른 일격에
살아남을 수 있는 자가 있으리라 생각지 못했다.

그렇지만 그는 투구는 물론 갑옷도 걸치지 않았으며,   203
상부 가슴막이나 목 가리개, 갑옷의 판금도 걸치지 않았으며,
더욱이 상대방을 찌를 날카로운 창은 물론 타격을 피해
받아넘기는 방패도 지니고 있지 않았다.
하지만 그의 한 손에는 수풀이 시들은 가운데 가장 진한
녹색을 띠고 있던
호랑가시나무 다발[13]을 들고 있었고,
다른 한 손에는 뭐라 설명하기 힘들 정도로 크고 무시무시한 무기인
도끼를 쥐고 있었다.
커다란 도끼 머리 부분의 길이는 일 야드나 되었으며
도끼날은 온통 녹색으로 빛나는 강철과 금으로 단조되었고

---

13 녹색 가지는 녹색기사가 작품 종반에 언급한 바와 같이 평화의 징표이다. 크리스마스 철에
만 드물게 피는 호랑가시나무와 전투성을 상징하는 도끼의 대조적인 조합은 녹색기사의 불
가사의한 정체성을 드러내고자 함이다.

넓은 가장자리는 예리한 면도날처럼 절단하기에 알맞은 모양을 띠었다.

무시무시한 형상의 기사가 꽉 붙들고 있는 견고한 도끼 손잡이는

끝 부분까지 온통 강철이 둘리어 있으며

사방에 아름다운 녹색 무늬가 아로새겨져서

자루의 둘레를 휘감고 있는 장식 줄은

손잡이 부분을 따라서 수많은 고리를 이루고 있었다.

수많은 장식 술이 선명한 녹색의 장식 징으로 고정되어

고리에 연속적으로 달려 있었다.

이 기사가 바람 소리를 내며 홀 안으로 들어서서

위험 따윈 아랑곳하지 않고 향연장의 상석을 향해 나아갔다.

그는 아무에게도 인사를 건네지 않고 다만 날카로운 눈길을

던졌을 뿐이었다.

그러면서 토해낸 첫마디는 다음과 같았다.

"이 무리의 군주는 어디에 있는가?"

"내가 그와 대면하여 대화를 나누고 싶도다."

그러고 그는 눈길을 이리저리 던지면서 기사들을 주시했다.

그런 모습이 마치 그가 잠시 멈춰 서서 그 무리 가운데

누가 최고의 영예를 지닌 자인지를

찬찬히 주시하는 것 같았다.

거기에 있던 모든 사람들은 그를 빤히 쳐다보면서   232

이것이 도대체 무슨 일인지 궁금해했다.

모두들 그 기사며 말의 색깔에 놀라움을 감추지 못한 것이

초원의 잔디가 자라면서 녹색 빛을 더해가듯이,

금 위에 칠한 녹색 에나멜이 광채를 발하듯이 보였기 때문이다.

그곳에 있던 이들이 그를 유심히 관찰했으며 그 기사가 무슨 일을 할지

무한한 호기심을 느끼면서 조심스럽게 다가갔다.

기이한 일들을 수없이 경험한 그들이었지만 이런 일은

처음이기 때문이었다.

그래서 그곳에 있던 사람들은 이것을 환상이나 마법에 의한

요술로 여겼고,

이런 까닭에 여러 고귀한 기사들은 녹색기사의 물음에

답하기를 두려워했다.

그리고 화려한 홀에 앉아 있던 모든 사람들은 그의 목소리에

놀라 물을 끼얹은 듯한 정적 속에 꼼짝 않고 있었다.

그들의 소곤거림이 일순간 잠잠해지고 그들 모두 꿈속에

빠져든 것처럼

침묵을 지키고 있던 것은

전적으로 두려움 때문만이 아니라

어느 정도는 군주에 대한 예의 때문으로써,

모두가 존경하는 아서왕으로 하여금

그에게 먼저 답할 기회를 주기 위함이었다.

아서왕은 향연장의 상석 앞에서 벌어지는 기이한 광경을 주시한 후   250

조금의 두려움도 보이지 않고 그에게 정중히 인사말을 건넸다.

"기사여, 이곳에 오신 것을 진심으로 환영하오.

나는 이곳의 군주로서 아서라 하오.

경에게 청하건대 기꺼이 말에서 내려

우리와 함께 머물러주시오.

그리고 그대가 원하는 바는 무엇이든지 후에 알려주길 바라는 바요."

그 기사가 답했다, "아닙니다. 신의 가호가 제게 임하길.

이곳에 잠시라도 머무는 것은 제 의도가 아닙니다.

하지만 군주여, 제가 들어온 바 당신의 명성은 지극히 높이 칭송되고

당신의 성과 기사들은 최고로 받들어지니,

그 기사들이야말로 수많은 무사들 중 가장 강하고 여러

무리 중 가장 용맹한 최고의 자들이며,

여러 형태의 고귀한 경기에서 능히 겨룰 만큼 용감무쌍한

자들인 데다 이곳의 기사도 예법이야말로 익히 과시되어왔으니

이것이야말로 참으로 나를 이러한 때에 이곳으로 불러온

이유가 되었소.

내가 손에 들고 있는 이 가지를 보면

내가 이곳에 악의가 아닌 평화를 위한 목적으로 들른 것을

확신할 수 있을 것이오.

내가 전투를 목적으로 왔다면

갑옷과 투구, 반짝거리는 방패와 날카로운 창 등

내가 풀 수 있는 여타 무기들을 모두 가지고 왔을 것이오.

하지만 나는 싸움을 원하지 않으며, 보다시피 전투 복장도 아니오.

그래도 모든 사람이 이구동성으로 말하듯이 그대가 그토록 용감하다면

관대히 허락할 것이오."

아서왕이 답했다,

"정중한 기사여,

그대가 비무장 결투를 원한다면

원하는 그대로 이루어질 것이오."

"아니오. 솔직히 말하자면 나는 결투를 원치 않소.   279

이곳에는 수염도 제대로 나지 않은 애송이들만이 앉아 있구려.

만일 내가 갑옷으로 견고히 무장을 갖추고 키 큰 말 위에 앉아 있었다면

나를 대적할 자는 한 명도 없을 것 같소.

그러므로 내가 크리스마스 게임을 간구하노니,

지금 시기가 크리스마스 절기로서 신년을 맞이했으며, 이곳에 혈기왕성한 젊은이들이 모여 있으므로

이 궁궐에서 누군가 자신이 매우 대담하고 혈기왕성하며

불같은 성격을 지녀서

아무 두려움 없이 도끼날을 주고받을 수 있다고 생각하는

자가 있다면,

나는 이 멋진 도끼를 그에게 선물로 주고

그가 이 극도로 무거운 도끼를 마음껏 휘두르도록 하겠소.

또한 내 지금 여기에 무장하지 않은 채로 앉아 있는 것과

일반으로 바로 그 첫 일격을 내가 맞도록 하겠소.

만약 내가 제안한 것을 시도할 정도로 대담한 자가 있다면,

즉시 내 앞에 나와 이 무기를 받도록 하시오.

그리하면 내가 이 도끼를 영원히 양보하여 그가 이것을

소유하도록 하겠소.

그러나 당신이 내가 요구하는 때에 그에게 나의 일격을 가할 수 있도록

만 허락한다면

나는 그에게 일 년 하고도 하루의 시간을 줄 것이며

또한 나는 이곳에 서서 절대로 몸을 움츠리지 않고 그의 일격을 받아들

이겠소.

자, 서두르시오. 이제 감히 누가 즉시 한마디라도 할 수 있는지를 보도

록 합시다."

만약 그가 처음에 그들을 매우 놀라게 했다면   301

이번에는 한 층 더 꼼짝 못하게 만들었으니, 신분 여하를

막론하고 성안의 모든 자들이 마찬가지였다.

말 위에 앉아 있던 그 기사는 몸을 틀어 보이며

불길을 토해낼 것 같은 험악한 빨간 눈동자를 이리저리 굴리고

녹색으로 번득이는 털이 촘촘히 난 눈썹을 곤두세운 채

긴 턱수염을 좌우로 흔들면서 좌중을 바라보았다.

아무도 그의 말에 응하지 않자

목청을 크게 가다듬은 후 당당하게 몸을 곧추세우며 말을 이었다.

"이런, 세상에! 그 명성이 저 멀리까지 퍼져나간 아서의 궁궐이

이곳이 맞는가!

그대들의 긍지와 전승의 영예,

또한 그대들의 전투 혼이나 분노, 허장성세는 모두 어디로 갔단 말인가?

이제 원탁의 여흥과 명예는 한 사람의 입에서 나온 일언에 의해

팽개쳐졌도다.

모두가 일격이 가해지기도 전에 겁에 질려 움츠러들었구나!"

이 말과 함께 그가 던진 커다란 웃음소리에 왕은 기분이 몹시 상했으며

바로 이 수치로 인해

거의 아름답다 할 얼굴과 뺨에 피가 솟구쳐 올랐다.

그는 그곳에 있는 모든 이들과 일반으로 폭풍우 같은 분노에 휩싸이게

되었다.

그리하여 왕은 그의 용맹스러운 천성의 기질대로

단숨에 그 기사 쪽으로 몸을 향했다.

"맹세코 당신의 요구는 어리석기 그지없소.   323

이제 당신이 그 어리석은 요청을 해온 바대로 그 뜻을 이루게 될 것이

오.

이곳의 그 누구도 그대의 말을 두려워하지 않으니

그대의 전투용 도끼를 부디 나에게 넘기길 바라오.

내가 그대의 부탁을 들어주리라."

그는 신속히 그 기사에게 다가가서 말에서 내린

기사의 손을 잡았다.

아서왕은 도끼를 잡아 손잡이를 꽉 쥐고

이리저리 휘둘러보면서 기사의 목을 내리칠 준비를 했다.

그 앞에 있는 굳센 기사는 홀 안의 사람들보다 머리 하나는 큰 몸으로

우뚝 서서 자리를 지키고 있었다.

기사는 자신의 턱수염을 어루만지면서 무시무시한 표정으로

향연장의 술좌석에 앉아 있던 누군가가 그에게 와인을

가져다주기를 기다리는 사람처럼

아서왕의 강한 일격에 당황하거나 기가 꺾이지 않았다.

그때 귀느비어 옆에 앉아 있던 가윈 경이

왕에게 정중히 절하면서 말했다.

"군주께 청하옵건대,

이 게임을 제게 맡겨주시옵소서."

가윈이 왕에게 말을 이었다. 343

"영예로우신 군주여, 만일 폐하께서 제가 이 자리에서 일어나 폐하의 옆에

설 수 있도록 명해주신다면, 그리하여 제가 왕비 님의 심기를 불편케 하지 않고

불손함 없이 이 자리를 떠날 수 있다면 이 고귀한 궁정 앞에서 폐하께 조언을 드리고자 합니다.

사실인즉 이러한 요구는 소인이 생각하기에 너무나 오만한 것으로써

군주께서 몸소 감당하시겠다는 것이

합당치 않다고 보고 있사옵니다.350

비록 전하께서 그 일을 몸소 행하기를 열망하신다 할지라도

전하의 주위에는 전장에서 용맹스러움이 이 세상의 그 누구도 감당하지 못할 만큼 강한

수많은 기사들이 앉아 있으며

소인은 그들 중 가장 연약한 자요, 강인한 용사들 사이에서 가장 비천하니

혹 목숨을 잃게 되더라도 하등의 손실이 되지 않을 것이옵니다.

당신이 저의 삼촌이라는 사실만으로도 저의 가치는 높이 사질 것입니다. 그러한 혈연관계를 고려치 않는다면

저에게는 내세울 만한 아무런 덕목도 찾을 수 없을 것입니다.

이 게임은 어리석은 것으로써 군주께서 감당하시기에 합당치 않으니

바라옵건대, 소인이 맡을 수 있도록 해주시옵소서.

만약 소인의 언사가 궁중예절에 어긋난 것이라면

궁정 안에 거하는 이들의 결정에 맡기겠습니다."

이윽고 사람들이 서로 소곤소곤 상의하기 시작해서

가윈이 이 게임에 임하고

왕께서는 물러나도록

모두가 이구동성으로 권하였다.

그리하여 왕이 가윈을 자리에서 일어나서 옆으로 오도록 하자366

그는 신속히 자리를 벗어나서 정중하게 채비를 갖추고 앞으로 나아가서

군주 앞에 무릎을 꿇고 무기에 손을 얹었다.

왕은 정중하게 무기를 그에게 건네주었고 그의 손을 들어서

하느님의 가호를 빌며 그의 마음과 손의 확고함을 명했다.

"조카여, 그대가 도끼를 휘두르게 되었음을 부디 유념하기를.

그리고 만일 성공적으로 일을 처리한다면

저 기사가 후에 제공할 그 어떤 일격이라도 견디어낼 것을

확신하네."

가윈은 손에 도끼를 들고

조금도 두려워 않고 담담히 기다리고 있는 그 기사에게 다가갔다.

그때 녹색기사가 가윈에게 말하기를,

"게임을 진행하기 전에 우리들 사이의 합의사항을 명시하도록 합시다.

먼저 그대에게 간청컨대 기사여, 그대의 진짜 이름을 말해준다면

내 그대를 신뢰할 수 있겠소."

그러자 영예로운 기사가 말했다. "진실로 말하건대,

그대에게 일격을 가하게 된 나는 가윈이라 하오. 앞으로 무슨 일이 생기든

지금부터 일 년 후 그대가 어떤 무기를 사용하든지

나는 그 일격을 받을 것이고 상대는 그대가 아닌 다른 어떤

사람도 될 수 없소."

녹색기사가 답했다.

"가윈 경, 이 얼마나 큰 행운인지 모르겠소.

그대가 나에게 일격을 가한다는 것이

기쁘기 한량없소이다."

기사가 말을 이었다. "가윈 경이여, 하늘에 맹세코
내가 이곳에서 요구했던 것을 그대로부터 받게 되었음을
기쁘게 생각하오.
그대는 내가 왕에게 요구했던 모든 합의사항을 빠뜨리지 않고
정확하고 솔직하게 반복했소.
단지 한 가지 빠뜨린 것이 있다면
내가 이 세상 어디에 있든지 그대가 스스로 나를 찾아서
좌중 앞에서 나에게 행한 일에 대한 대가를 받을 거라는 거요."
"어디에서 그대를 찾을 수 있단 말이요?" 가윈이 물었다.
"그대는 어디에 살고 있습니까?
나를 창조하신 하느님께 맹세코 그대가 어디에 살고 있는지,
그대가 누구인지, 궁궐이 어디인지, 심지어 그대의 이름조차도 모르고
있소.
그러니 그대의 이름을 알려준다면
내가 낼 수 있는 온갖 지혜를 짜내어 그곳에 도달할 수 있도록 할 것이
니
이것을 내 명예를 걸고 엄숙하게 맹세하는 바이오."
"새해에는 이것으로 충분하오. 더 이상 말할 필요 없소이다."
녹색 옷을 입은 기사가 정중한 가윈에게 말했다.
"그대가 훌륭하게 나를 향한 일격을 가한다면,
나의 거처와 집, 진짜 이름을 알려주겠소.

그런 다음 그대는 나의 안부를 물어볼 수도 있을 것이고
합의사항도 이행할 수 있을 거요.
내가 더 이상 말을 하지 않는 것이 그대에게는 더 이로운 것이요.
그대는 당신의 나라에서 머물며 당신 자신에 대해 더 이상
걱정하지 않아도 될 테니 말이오.
이걸로 충분하리다.
자, 이제 그대의 무시무시한 도끼를 꽉 잡으시오.
어찌 내리치는지 봅시다."
"기꺼이 행하도록 하겠소."
도끼를 휘두르며 가윈이 말했다.

녹색기사는 즉시 지면에 자세를 취하면서   416
머리를 약간 숙여 맨살을 드러냈다.
긴 머리타래를 보관(寶冠)인 머리 위로 떨치어
목을 드러내서 게임을 준비했다.
가윈은 도끼를 손에 쥐고 앞으로 나아가
능수능란하게 드러난 목을 향해서 재빨리 내리쳤다.
그리하여 날카로운 도낏날이 녹색기사의 아름다운 살을 파고들어가
뼈를 갈라서 몸을 두 동강을 냈다.
무기가 땅에 꽂히자
그의 아름다운 머리가 어깨에서 떨어져나가 땅에 떨어져
근처에 있던 사람들의 발치에까지 굴렀다.

거대한 몸통에서는 피가 뿜어져 나와 녹색 의상 위로 튄

핏자국이 반짝거렸지만,

그 기사는 조금도 비틀거리지 않고

오히려 그의 굳건한 다리로 성큼성큼 걸어서

많은 사람들 사이로 거칠게 손을 뻗어서

자신의 아름다운 머리를 재빨리 집어 들은 다음

자신의 말로 서둘러 향하고 고삐를 붙잡아

말의 등자 쇠 위로 올라탔다.

자신의 머리채를 손에 쥔 채로

침착하게 안장에 걸터앉은 것이

자신에게 어떤 재앙도 생기지 않았으며, 머리를 잃지 않기라도 한 듯했다.

그는 온통 피범벅이 된

목이 없는 몸통을 비틀어서

그런 그의 모습에 두려워하는 사람들을 향해

말하기 시작했다.

자신의 손에 머리를 잡고 높이 들어서   444

얼굴을 향연장의 가장 상석에 앉아 있는 최고의 귀인들로

향하도록 하고

눈꺼풀을 들어 올려 크게 눈을 떠서 그쪽을 바라보며

지금부터 듣게 될 바대로 그 입을 벌려 이러한 조로 말을 했다.

"가원 경이여, 보시오. 그대는 약속한 바를 이행할 마음의

준비를 하며,

그대 훌륭한 자는 나를 만날 때까지 성실하게 찾아보시오.

이는 그대가 이 홀에서 많은 기사들이 듣는 앞에서

약속한 바이니.

그대가 휘두른 일격을 새해 아침에 응당 되받기 위해서

명하노니, 녹색 예배당을 찾아나서시오.

많은 이들이 녹색 예배당의 기사인 나를 알고 있소.

그러니 그들에게 묻는다면 반드시 나를 찾게 될 것이오.

꼭 오시오. 그렇지 않으면 그대는 겁쟁이라는 오명을 안게

될 것이니."

그런 후 그는 말고삐를 잡아당겨 몸을 거칠게 틀어

손에 머리를 든 채로 홀의 문을 향해 돌진해 나갔으며

말발굽에서는 부싯돌에 불이 튀기듯 불꽃이 날렸다.

그가 어디로 향했는지, 더욱이 어디에서 온 것인지

그들은 아무도 알 길이 없었다.

그리고 왕과 가윈은 녹색기사의 뒷모습을 보면서

크게 미소를 짓고 웃음을 터뜨렸다.

하지만 많은 이들 사이에 그 일은

매우 기이한 일로 여겨졌다.

비록 아서왕은 마음속으로 심히 놀랐으나   467

그런 내색을 전혀 않고 큰 소리로

아름다운 왕비를 향하여 정중한 어조로 말을 건넸다.

"사랑스런 왕비여, 조금도 상심하지 말기를 바라오.

이런 일은 크리스마스 절기에 으레 일어나는 법이오.

마치 귀인과 귀부인들이 철따라 오락을 즐길 때

웃고 노래하며 벌이는 막간놀이처럼 말이오.

하지만 이제 나는 부정할 수 없는 기이한 일을 목격했으니

제대로 음식을 들 수 있게 되었소."

왕은 가원을 바라보면서 즐겁게 말을 건넸다.

"가원 경, 이제 충분히 휘두른 그대의 도끼를 거두어

상석의 벽 장식천 위에 걸어두시오.

사람들이 모두 경이로운 눈으로 그것을 바라보며

명확한 근거를 가지고 이 기이한 일을 이야기할 것이오."

그리고 그 왕과 훌륭한 기사 모두는 함께 식탁에 앉아

귀인이라면 마땅히 대접받아야 할 바대로 온갖 산해진미를

한껏 제공받았다.

갖은 종류의 음식과 음악, 노래와 더불어 하루가 저 땅 끝으로 사라질

때까지 그들은 유쾌한 날을 보냈다.

가원 경이여, 이제 그대의 모험을 생각할지어다.

그대가 몸소 감당해야 할 임무를 행함에 있어

두려움 때문에 위축되지 않도록 유념할지어다.

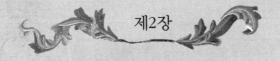

제2장

아서왕은 대단한 모험담을 듣기를 열망했으니   491
신년 초에 향후 겪게 될 모험의 전조를 경험하게 되었다.
궁중인들이 향연장의 좌석에 앉을 때에는 이야깃거리가 될 만한
큰 화제가 없었으나
이제 성안은 심각한 이야기로 가득 채워졌다.
가윈은 홀 안에서 그러한 게임을 맞이하게 되어 기뻐했으나,
설령 그 종말이 슬플지언정 놀라지 말지어다.
이유인즉 사람들이 독한 술에 한껏 취해서 기분이
유쾌해질지언정,
한 해는 신속히 지나가고 한 번 일어난 일들은 되풀이 됨이 없으니
시작은 끝과 좀처럼 같은 법이 없도다.
그런즉 크리스마스 절기[1]가 지나

---

1 크리스마스 절기는 전통적으로 12월 24일에서 1월 6일까지이다.

새해가 바로 이어지고

각 계절이 연속해서 번갈아서 뒤따랐다.

크리스마스를 보낸 후 규율이 엄격한 사순절[2]이 도래하자

생선과 고기, 간단한 음식만 취해야 했다.

그리고 신선한 봄기운이 겨울의 기운을 누그러뜨려

날카로운 추위가 땅속으로 움츠러들고 검은 구름이 걷히고

따뜻한 봄비가 촉촉하게 대지를 적셔 꽃들이 피어나면서

숲과 평지는 녹색 옷으로 치장하고

새들은 바삐 보금자리를 마련하며

이제 막 언덕배기로 찾아든 온화한 여름의 기쁨을 노래했다.

꽃망울이 만개해서

잡목 숲을 풍성하게 뒤덮었으며

자연을 찬미하는 영광의 노랫가락이

아름다운 숲에 울려 퍼졌다.

그리고 감미로운 미풍을 대동한 여름의 도래와 함께   516

서풍이 불어와 씨와 초목에 그 입김을 불어넣자

식물들은 제각기 최상의 아름다운 성장을 이루었고

잎사귀에서 떨어지는 촉촉한 이슬은

빛나는 태양의 환희에 찬 광휘를 기다렸도다.

---

2 사순절: 부활절 전의 6주간. 이 축제 기간에는 현대 로마 교회의 관습과 마찬가지로 고기는
금하는 대신 생선은 허락되었다.

하지만 이내 가을이 황급히 다가와

곧 맞이할 겨울에 대비하여 충분히 무르익을 것을 경고하며

속히 식물들을 성장시켰다.

건조한 기후의 가을에 땅의 표면에서 흙먼지가 일어나서

저 높은 하늘로 날아오르고

거센 북풍이 마지막 잔류의 태양과 다투면서

참피 나무에서 낙엽들이 땅 위로 떨어지고

이전에 푸르렀던 초원은 시들어 잿빛으로 변하며

일찍이 뿌리에서 싹을 틔운 모든 것들이

무르익고 썩어들어가니

한 해가 흐르고 모두가 어제의 일인 듯싶다.

그리하여 자연의 순리에 따라 다시 한 번 겨울이 다가오니

겨울의 서곡을 확신하는 중추의 보름달³이 도래하자 가원 경은 조만간 그의

위태로운 고난의 탐험을 떠나야 함을 생각했다.

하지만 그는 '성자의 날'⁴ 때까지 아서왕과 함께 머물렀다.　　　　　536

---

3 중추의 보름달the Michaelmas moon: 성 미카엘을 기리는 축제로서 9월 29일. 이날은 모
든 빚과 채무 혹은 대여한 것을 돌려주는 날이기도 하다. 가원에게 있어서 이날은 바로 그
가 받아야 할 것을 생각하게 만드는 날이라고 할 수 있다.

4 제성첨례(諸聖瞻禮, All Saints' Day): 11월 1일로 모든 성자를 기리는 날이다. 가원 경은
1월 1일에 기약된 약속을 지키기 위해 두 달 전인 전통적인 축제일인 11월 1일에 녹색 성을
찾아 출발한다. 그가 길을 떠나는 다음 날은 위령의 날All Souls' Day로 모든 고인들을 기

아서왕은 가윈을 위한 축제를 열어서

정중하고 품위 있는 원탁의 기사들을 모이도록 했고

그 고귀한 기사에 대한 슬픔을 마음속에 품은

아름다운 귀부인들도 함께했다.

그러나 그들은 오직 유쾌한 이야기만을 담기로 했으니, 거기에 있던 많은 이들은 그 기사에 대한 측은한 마음을 가슴에 담은 채 즐거운 농담들을 나누기에 여념이 없었다.

정찬을 마치고 가윈 경은 걱정스러운 어투로 그의 외삼촌에게

그가 할 탐험에 대해서 솔직하게 말을 건넸다.

"내 생명의 군주시여, 이제 소인이 떠나도록 허락해주시길 원하나이다.

주군께서는 이 일의 성질을 익히 아시오니

이 일에 관련된 난점들을 일일이 나열한다는 것은 한낱

부질없는 일이 될 것입니다.

소인은 무시무시한 녹색기사의 일격을 돌려받기 위하여

하느님이 인도하시는 바대로 내일 반드시 출발해야만 합니다."

그러자 성안에 있는 최고의 기사들이 모여들었다.

이웨인과 에레크와 그의 수많은 기사들,

도디넬 드 사바즈 경, 클레랜스의 공작,[5]

란슬롯[6]과 라이오넬,[7] 선한 루칸 경,[8]

넘하는 날이다.

5 가윈의 또 다른 사촌으로서 가윈과 비슷한 모험을 겪게 된다.

6 란슬롯: 나중에 왕비 귀느비어와 사랑하는 사이가 되고, 궁의 제1기사가 된다.

7 라이오넬: 란슬롯의 사촌.

8 루칸 경: 왕실 집사이며 아서왕이 솔즈베리 평원에서 최후의 전투를 벌인 후 맞이하는 최후의 생존자였다.

힘이 센 보스 경과 베디비어 경,

그리고 그 외 많은 뛰어난 기사들이 마도 드라 포트[9]와 함께 모였다.

이 궁중 기사들은 비탄에 젖어서

그들의 동료에게 위로와 조언을 주기 위해서 왕에게 다가갔다.

그곳에 있는 사람들은 가윈처럼 훌륭한 사람이

그 무시무시한 도끼의 타격을 받고 그것을 자신의 칼로

되받아치지 못할 것이라는

사실을 아는 슬픔을 드러내지 않으려고 애썼다.

가윈은 시종일관 유쾌한 상태를 유지하면서 말했다.

"제가 두려워할 것이 무엇이란 말입니까?

기쁜 일이든 슬픈 일이든 그것이 운명이라면

맞부딪쳐보는 것 외에 달리 어떻게 해야 하겠소?"

그는 하루 종일 그곳에 머물렀고 다음 날이 되자 떠날 채비를 갖추었다.   566

이른 아침에 무기와 갑옷들이 그의 요청하에 들여졌다.

먼저 홀 바닥에 비단 융단이 펼쳐졌고

그 위에 금빛의 갑옷이 휘황찬란하게 반짝거리며 놓였다.

그 대담한 기사는 그 위로 발걸음을 들여놓으며 무기를 집어 들었다.

그는 귀한 터키산의 비단으로 만든 튜닉을 입고

그 위에 솜씨 있게 만든 두건 달린 망토를 목에 꽉 죄어서 걸쳤는데

---

9 마도 드라 포트: 왕실 문지기 수장.

그 망토는 순백색의 모피로 안감을 댄 것이었다.

그런 다음 사람들은 그 기사의 발에 강철 신발을 신기고

다리에는 훌륭한 철제 정강이받이를 부착했으며

윤이 나게 닦은 무릎 보호대를 무릎 주위에 황금 매듭으로 동여맸다.

그리고 나서 강한 근육이 뭉쳐 있는 넓적다리 위를

보기 좋은 넓적다리 가리개로 맵시 있게 감싸서 끈으로 단단히 고정시켰다.

밝게 빛나는 쇠사슬로 연결된 사슬고리 갑옷을 입고

양팔에는 윤기가 반짝거리는 팔 보호대를 둘렀으며

금속 판 장갑을 부착시켜서

그의 아름다운 의상을 잘 감쌌으니

모두가 그에게 유용하게 사용될 장비들이었다.

갑옷 위에 걸친 겉옷은 화려한 문장 장식을 집어넣고

눈부신 황금 박차를 달았으며

믿을 만한 칼을 비단 띠에 감아서

허리에 채웠다.

그가 갑옷을 모두 입고 나자 그의 무구가 눈부시게 빛을   599

발했으며 가장 사소한 끈이나 고리조차도 황금빛으로 빛났다.

이렇듯 무장을 마친 그는 미사에 참석하여 예배를 드렸고

엄숙한 태도로 높은 제단에 헌납을 하였다.

그런 후 가원은 왕과 그의 동료 기사들에게 돌아와

정중하게 귀인들과 귀부인들에게 작별을 고했다.

그들은 그에게 작별의 키스를 하고 그를 성문 밖까지

바래다주면서 그리스도의 보호가 그와 함께하기를 기원했다.

이 무렵 가윈의 말 그링고렛[10]이 대령했다.

그 말은 가윈의 이번 모험을 위해서 새로이 많은 황금 술로

화려하게 장식된 안장을 얹고 있었고

말굴레와 가장자리는 줄무늬 장식이 들어간 황금 띠를 둘렀다.

말의 앞가슴 판금 장식과 화려한 안장의 장식, 그리고 껑거리끈, 마의 (馬衣)가 한결같이 말안장에 달린 앞 테의 장식과 훌륭한 조화를 이루고 있었다.

실로 모든 곳이 진홍색 바탕 위에 화려한 황금 징으로 장식되어서

어느 곳 할 것 없이 태양의 섬광처럼 번쩍거렸다.

그가 집어든 투구는 강철을 구부려서 단단히 고정시키고

안을 두툼하게 덧댄 것으로써

그것을 머리 위에 써서 화려하게 반짝이는 비단 띠로

쇠사슬 뒤쪽을 향해 붙들어 맸다.

투구의 밑 부분에서 목과 얼굴 보호막 위를 두르고 있는

넓은 비단 띠의 가장자리에는 최상의 보석이 박혀 있었다.

솔기 부분을 따라서는 협죽도 문양 사이로

앵무새와 같은 새들이 색색으로 수놓여 있었고

또한 산비둘기와 사랑의 매듭이 너무도 촘촘히 수놓여서

마치 수많은 궁중 여인들이 칠 년 동안 그 수작업에 몰두한 것 같았다.

---

10 그링고렛Gringolet: 가윈의 말로서 그 이름은 '백색의 단단한white-hard' 이라는 의미를 지닌다.

그의 이마를 두르고 있는 장식고리는

귀하기 그지없는 것으로

완벽하게 다듬어진 최상의 다이아몬드로 맑고 투명한 빛을

발하고 있었다.

그리고 그들은 가윈에게 방패를 내보였는데   619

그 방패는 화려한 붉은 바탕에 순백색의 오각형 별 모양으로 도안된 것

이었다.

그가 견식대로 그것을 훌쩍 들어올려 그의 목에 둘러매자

그 기사에게 너무나 잘 어울렸다.

비록 시간이 지체되긴 하지만 왜 오각 별 모양이

이 고귀한 기사에게 속해야만 하는지에 대해서 진중하게

말하고자 한다.

그것은 옛날에 솔로몬 왕이 진실의 징표로써 고안한 형상인데

그 모양은 다섯 개의 꼭짓점을 가지고 있고

각 선이 서로 겹쳐지고 맞물려서 어느 곳에서도 끝없이 연결되니

영국 전역에서 사람들이 그것을 '영원한 매듭'이라 불렀다.

이런즉 이 징표는 이 기사와 그의 흠잡을 데 없는 무구와

너무나 잘 어울렸다.

이유인즉 가윈이 다섯 가지 점에서 다섯 가지 방식으로

한결같이 진실한 것이 마치 정제된 순금과 같았으니

모든 불순한 홈으로부터 벗어나 기사도적인 미덕을

두루 갖추고 있었기 때문이다.

그렇기에 그는 방패와 갑옷 위에 걸친 겉옷에 새로 채색한

오각 별표를 품고 있었으니

자신의 말에 가장 진실된 자이자

예법에 있어서도 가장 공손한 자였다.

먼저 가윈은 그의 오감(五感)의 연약함으로는 죄를 짓는   640

결함이 없었으며,

다섯 손가락으로 행해진 그의 무용은 결코 실패를 몰랐으며,

사도신경에 따라 예수 그리스도가 십자가 위에서 입으신 다섯 상처[11]에

이 지상에 그의 모든 신념을 묻었으니,

이 기사가 어느 전투에 임하든지

그는 늘 그 어느 것에도 의존하지 않고

자신의 꿋꿋함을 오로지 천국의 여왕인 성모 마리아가

그의 아들 예수로부터 받은 다섯 가지 기쁨[12]에서만 찾았다.

이러한 이유로 그 기사는 방패의 안쪽에

성모 마리아의 자비로운 형상을 새겨 넣었으며

그가 그 형상을 바라보면 그의 용기가 결코 꺾이지 않았다.

---

11 다섯 상처: 사도신경을 보면, 예수가 십자가에 못 박혔을 때 두 손과 두 발의 못 자국과 옆
   구리를 찔려서 생긴 다섯 상처가 나온다. 중세 기독교인들이 묵상과 헌신예배를 진행할 때
   자주 떠올리는 주제였다.

12 성모 마리아의 오락five joys of Mary: 수태고지Annunciation, 그리스도의 강탄Nativity,
   부활Resurrection, 승천Assumption, 몽소승천Assumption.

내가 오각의 다섯번째에서 발견한 것으로 그가 영예롭게 발휘했던 것은
바로 너그러움과 동료애,

몸과 마음의 순결과 예의범절로써 한 치의 실수도 없었으며

또한 동정심은 모든 것을 능가했으니

이상의 다섯 가지 훌륭한 덕목이 어느 누구보다도

이 기사의 마음에 확고히 자리 잡고 있었다.

실로 이 다섯 부류의 덕목들이 이 기사에게 잘 연합되어 있어,

확고히 고정된 오각 위에 각각의 덕목은 다른 덕목으로

서로 끊어짐 없이 연결되어 있었으며, 이것들은 한 곳으로

쏠리거나 또는 서로 떨어져나가는 법이 없었으니,

그 어느 곳에서도 나는 어디로부터 그 도안의 진행선이

시작되며 끝이 나는지를 알 수가 없었다.

이러한 매듭이 그의 반짝이는 방패에

심홍색 바탕에 붉은빛이 감도는 황금으로 화려하게 장식되었으니

현자들은 이것을 완벽한 오각 별표라고 칭했다.

훌륭하게 의상과 무구를 갖춘 가원은

신속하게 자신의 창을 붙잡고

그의 생각에 마지막이 될 거라고 생각되는 모든 이에게

작별의 인사를 고했다.

그는 말에 박차를 가해 서둘러 길을 떠났다.   670

너무 거세게 말을 몬 나머지 그가 지나간 그 뒤의 돌들에서

불꽃이 튀어 올랐다.

그 고귀한 기사의 당당한 모습을 목격한 이들은 한결같이

한숨을 지으면서

낮은 목소리로 서로에게 소곤대면서 슬퍼했다.

"하늘에 맹세코, 이건 너무나 애석하구나.

그대처럼 흠 없이 고귀한 생을 영위한 자가 죽어야만 하다니!

그와 비길 만한 자를 이 세상에서 어디 쉽게 찾을 수 있을까?

조금 더 신중하게 처신했더라면 더 좋은 결과로써

공작에 임명되어 이 땅에서 영광스러운 군주가 될 수 있었을 것을.

그것이 과도한 자존심 때문에 요정의 나라에서 온 사람에 의해

목이 떨어져나가 허무하게 죽어 없어지는 것보다 훨씬 나은

운명일 텐데.

많은 기사들이 그 크리스마스 게임을 놓고 선뜻 나서지 못하고 있을 때

왕이 그러한 조언을 승낙하리라 생각이나 했을까?"

그날 그 훌륭한 기사가 성을 떠나는 것을 본 그들의 눈에서 뜨거운 눈물이 흘러내렸다.

그 고귀한 기사는 더 이상 지체 않고 그곳을 떠나

내가 들은 대로 험난하고 기이한 길을 따라서

말을 달렸다.

이제 그 기사는 말을 타고 로그레스[13] 지역을 통과하고 있었으니　　691
가원 경은 신의 이름을 걸고 그것이 단순한 오락거리가 아니란 걸 알았

지만

종종 동료 하나 없이 홀로 밤을 지새웠고

자기 기호에 맞는 음식을 먹을 수도 없었으며

숲과 평야를 넘으며 말이 유일한 친구이자

하느님만이 그의 마음에 말을 거는 존재였다.

그는 북부 웨일스 지역으로 나아가면서

좌측으로 엥글세이의 성들을 두고 계속 나아가서

바닷가의 곶 위에 있는 여울을 지나

'홀리 헤드'14를 건너서

반대편에 위치한 위럴15의 황무지에 있는 해안에 이르렀다.

그곳엔 하느님이나 사람을 진정으로 사랑하는 이가 거의 살고 있지 않았다.

그가 길을 나아갈 때마다 만나는 사람들에게

녹색기사를 아는지

혹은 근처에 녹색 예배당이 있는지를 물었으나

한결같이 '아니오' 라고 말하고

한번도 그러한 녹색의 모습을 지닌 사람을 보지 못했다면서 부인했다.

수많은 황량한 언덕들 사이에 있는 낯선 길을 헤매면서

그 기사는 많은 음산한 언덕들 사이로 난 여러 낯선 길을 들어섰고

그의 마음은 그가 녹색 예배당을 찾을 때까지 수십 번의 굴곡을 겪었다.

---

13 험버 강 남쪽 지역으로, 브루투스의 장남 이름 Locrine을 따서 명명됨.

14 홀리 헤드Holy Head: 이곳에서 가원 경은 디Dee 강을 가로질러 위럴로 들어갔을 것으로 추정된다. 성자 위니프레드가 참수당했으나 다시 복원되는 기적이 일어났던 곳인 유명한 순례지인 홀리웰Holywell로 보는 견해도 있다.

15 위럴Wirral: 추방자들의 피신처로 이름이 난 곳이었다.

48

그는 낯선 지역의 수많은 절벽을 기어오르며   713
친구들에게서 멀리 떨어진 이방인이 되어 말을 몰았다.
여울이나 강기슭을 건널 때면 이상하게도 그 앞에 적이 반드시 나타났
는데
그들이 너무도 시악하고 광폭해서 씨움을 피할 수 없었다.
산 속에서 그는 여러 기이한 일들을 너무 많이 보아와서
십분의 일이라도 자세히 설명하는 것은 불가능할 것 같다.
때로는 용이나 늑대와 전투를 하고,
바위 사이에 사는 긴 머리 괴물 트롤, 들소나 곰, 야생 멧돼지, 혹은
높은 계곡에서 그를 추적하는 괴물과도 싸웠다.
만일 그에게 용감무쌍하고 불요불굴의 정신이 없고
또 하느님을 섬기지 않았다면
분명히 여러 번 죽음을 면치 못했을 것이라.
하지만 그러한 싸움은 그에게 별다른 고통이 아니었으니
오히려 혹독한 겨울의 시련이 더욱 견디기 힘들었다.
차갑고 투명한 빗줄기가 검은 구름에서 쏟아져내리면
척박한 대지에 채 닿기도 전에 얼어붙었다.
찬 진눈깨비의 기세에 거의 동사할 뻔했으며
벌거벗은 바위 틈새에서 갑옷을 걸친 채로 잠을 청해야만 했던 곳에서
는
꽹음을 내며 흐르는 차가운 물줄기가

그의 머리 위로 단단한 고드름이 되어 얼어 있었다.
기사는 이렇게 고통과 위험과 험난한 역경 속에서
크리스마스이브 때까지 오직 홀로 말을 몰며 그 지역을 횡단했고
그때 그 기사는 성모 마리아에게
그의 길을 인도하사 합당한 거처로 이끌어주실 것을 아뢰는 정중한 기
도를 올렸다.
해 질 녘이면 그는 성모 마리아에게
피난처를 발견할 때까지
바른 길을 안내해주기를 간구하며 기도를 올렸다.

크리스마스 날 아침이 되자 그는 유쾌한 마음으로 산을 따라 말을 몰아
서
740
야생의 숲으로 빽빽이 우거진 깊은 삼림으로 들어섰으니
그곳은 양쪽에 높은 구릉이 있고 밑으로 빽빽한 숲이 우거진 곳으로 그
구릉의 발치로 거대한 회백색의 참나무 무리가 들어서 있었다.
개암나무와 산사나무가 서로 뒤엉켜 있었으며
그 위는 아무렇게 무성하게 자라난 이끼로 온통 뒤덮여
있었다.
그 나무들의 벌거벗은 가지 위에서는 슬픔에 잠긴 새들이
처량하게 앉아서
살을 에는 겨울의 차가움 속에서 애절하게 노래하고 있었다.
그 기사는 준마(駿馬) 그링고렛 위에 앉아서 나무 밑을 통과하며

많은 습지와 진흙 수렁을 홀로 외롭게 건너갔다.

그는 자신의 곤란한 처지를 걱정하며

그날 밤 세상 사람들의 고통과 번뇌를 종식시키기 위해서

동정녀 마리아의 몸에서 태어나셨던

예수 그리스도를 위한 예배에 참석하지 못할까 하는 두려움에 사로잡혔다.

그리하여 한숨을 내쉬며 말을 했으니,

"주님과 가장 온유하신 성모 마리아께 비옵나니

제가 경건하게 예배를 드리고 당신의 축일에 아침 기도를 올릴 수 있는

마땅한 장소를 찾도록 도와주시옵소서.

이 자리에서 속히 주기도문과 천사축도와 사도신경을 외우면서 기도드리옵나이다."

그는 기도와 더불어 지난날의 과오를 뉘우치며

계속해서 말을 몰아갔다.

그리고 그는 반복하여 성호를 그으며 '예수의 십자가여, 나를 도우소서'라고 외쳤다.

그가 세 번 반복해서 성호를 끝내기도 전에   763

숲 속 한가운데에서 한 거처를 발견했으니,

그 성은 주위에 해자를 파서 그 가운데의 둔덕에 있는 공터

위에 있었으며

해자 주위에 우거진 나무들의 커다란 가지 밑에 가려져 있었는데

그 모습은 기사가 소유할 수 있는 가장 아름다운 성이었다.

성은 초지 위에 세워져 사방이 거대한 공원으로 둘러싸여 있었고

아주 촘촘히 뾰족한 못을 박은 말뚝으로 주위 담을 죽 둘렀다.

공원의 주변 이 마일가량 되는 범위까지 수많은 나무들이 서 있었다.

기사는 자신이 위치한 해자의 편에서 아름다운 빛을 발하는

떡갈나무 사이로

어렴풋이 가물거리며 햇살에 빛나고 있는 그 성채를 유심히 살펴보았다.

그리고 나서 그는 겸허하게 투구를 벗어들고

자비로우신 예수 그리스도와 성 줄리앙[16]께

자기에게 베풀어주신 호의와 자신의 도움을 간청하는 절규에 응답해주신 데 대해

깊은 감사를 드렸다. 또 다음과 같이 기도했다.

"이제 당신께 간구하노니 저에게 안락한 숙소를

허락해주소서."

이어서 그는 그링고렛의 황금 박차를 치며 말을 몰아 나아갔는데

우연히도 그 말은 성으로 향하는 주된 길을 택해서

그를 신속히 도개교 끝으로 이끌었다.

그 다리는 견고하게 들어 올려져 있었고

성문은 굳게 닫혀 있었으며

성벽은 잘 구축되어

어떠한 폭풍우에도 끄떡없을 것처럼 보였다.

---

16 성 줄리앙: 환대의 수호성인.

기사는 그 성을 둘러싸고 있는 깊은 이중 해자(垓字)의 785

둑기슭에 멈춰 있는 말 위에 앉아 있었다.

성벽은 놀라우리만치 깊이 물속으로 들어가서

다시 위로 매우 높이 솟아올라 있었으니

상층부의 배내기까지 견고한 돌들로 깎여 만들어졌고

흉벽 아래로 돌출된 석공 양식들은 최상의 자태를 드러내고 있었다.

그리고 성벽을 따라 군데군데 우아한 모습을 갖춘 작은 탑을 모서리에 만들어놓았고

화살을 쏘기 위해 아주 간결한 덧문을 달아 창을 냈는데

이보다 더 훌륭한 누문(樓門)을 미처 보지 못했노라.

더 안쪽으로 그는 한껏 솟아오른 궁중 홀을 보았으니

탑들이 이곳저곳에 빽빽이 세워져 있고 거기에는 작은 첨탑이 잘 연결되어서

정교하게 깎인 꼭대기는 하늘을 찌를 듯이 높이 솟아 있었다.

그는 그곳에서 백묵처럼 하얀 굴뚝도 보았는데

그것들은 첨탑 지붕 위로 솟아올라 하얗게 빛나고 있었다.

채색된 수많은 첨탑들이 사방 곳곳에 산재해 있었고

성의 흉벽 사이에 촘촘히 들어차 있어서

흡사 종이를 도려내 만든 종이 장식처럼 보였다.

말 위에서 그것을 바라본 그 고귀한 기사는 그 모습이

너무 아름다워

'성으로 들어가서 성스러운 기간 동안만이라도
머물 수 있다면 좋겠구나' 라고 생각을 하기에 이르렀다.
그가 소리쳐 사람을 부르자 즉시
아주 공손한 문지기가 성벽으로 나와서
용무가 무엇인지 물으면서 여행 중의 기사를 맞이했다.

"귀하께서 이 성의 귀하신 주인께 제가 이곳에서 잠시 머물고 싶다는
부탁을 좀 전해주시겠소이까?" 가윈이 물었다.   811
    문지기가 답하기를, "성 피터[17]의 이름을 걸고 기꺼이
    전해드리겠습니다.
    제가 확신하건대 기사님이 원하시는 기간 동안 얼마든지 머물 수 있을
것입니다."
    문지기는 이렇게 말하면서 재빨리 안으로 사라졌다가
    다시 나타났고
    뒤에는 다른 사람들이 가윈 경을 맞이하기 위해서
    곧바로 나왔다.
    그들은 거대한 도개교를 내리고 밖으로 나와
    이 특별한 손님을 환영하기 위해 그들에게 어울리는 최상의
    법도에 따라
    차가운 땅에 정중하게 무릎을 굽혔다.

_____

17 성 피터: 성 피터는 천국의 문을 지키는 수호성인이다.

그들은 기사가 넓게 열어놓은 통로를 건너도록 했기에

기사는 그들을 일어나도록 권한 후 다리 위를 건너갔다.

가원이 말에서 내리는 동안 몇 명이 안장을 붙들어서 내리는 것을 도와

주고

여러 명의 건장한 하인들이 그의 말을 마구간으로 데리고 갔다.

그리고 나서 많은 기사들과 기사 견습생들이 그 기사를

홀 안으로 안내하기 위해 즐거움에 차서 아래로 내려왔다.

그가 투구를 벗어들자 많은 이들이 황급히 앞으로 나아가

그것을 받아들어 이 고귀한 기사의 시중을 들었으며

가원을 도와 칼과 방패를 벗겼다.

그런 후 가원은 아주 정중하게 각각의 기사와 인사를 나누었으며

수많은 훌륭한 기사들이 그에게 경의를 표하기 위해서 앞으로 밀고 나

아가서

쇠로 고정된 화려한 갑옷을 걸친 그를 홀로 인도했다.

홀 안의 노면에서는 불꽃이 활활 타오르고 있었다.

이윽고 그 성의 주인이 사실에서 나와 홀에 서 있는 기사를

정중히 맞이하며

말을 꺼냈다. "여기에서 그대가 원하는 만큼 머물길 바라오.

여기에 있는 어떤 것도 그대가 원하는 대로 다룰 수

있소이다."

가원이 답했다. "너무나 감사드립니다.

예수께서 당신의 이러한 호의에 보답하기를!"

그리고 그들은 기쁨에 찬 사람들이 그러하듯이

서로를 껴안았다.

가원은 자신을 정중하게 맞아주는 그를 바라보면서,

이 성주야말로 매우 용맹스러운 자로

원숙한 나이에 이르렀고 참으로 거대한 몸집을 지닌 자라

생각했다.

넓게 퍼진 그의 턱수염은 수달처럼 적갈색을 띠고 있었고

엄격한 표정의 그는 건장한 두 다리로 버티고 서 있었다.

불꽃이 튀기는 듯한 단호한 인상에 정중한 말씨를 보아서

그가 성안의 여러 훌륭한 기사들을 통솔하는 것이 너무나 잘 어울린다

고 생각했다.

성주는 가원을 사실(私室)로 데리고 가서 특별히 언명을 내렸으니

하인 한 명을 선임하여 특별한 언명을 내렸으니

이는 그로 가원의 시중을 공손하게 들라 하는 것이었다.

그러자 그 명령에 따라 많은 하인들이 대령해서

가원 경을 아름다운 침실로 안내했는데

그곳은 침구 장식이 화려하기 그지없었으니,

밝게 빛나는 황금빛으로 가장자리를 두른 우아한 비단으로

만들어진 침대 커튼과

테두리에 정교한 자수 무늬를 넣고

그 위에는 순백색의 아름다운 담비 모피를 댄 침대 커버가 있었다.

커튼은 붉은 황금 고리가 달린 끈에 쭉 매달려 있었으며

툴루즈와 터키 산 비단으로 된 장식 천들이 벽을 따라 걸려 있고

그와 비슷한 종류의 두꺼운 장식 카펫이 벽의 천들과 조화를 이루며 발 밑에 깔려 있었다.

그들은 그곳에서 유쾌한 대화를 나누며

기사의 쇠사슬 갑옷과 그 안의 화려한 의상을 벗겼다.

하인들은 곧바로 화려한 겉옷들을 대령하였으니,

이는 그에게 가장 적합한 것을 골라 그것으로 갈아입히기 위한 것이었 다.

기사가 즉시 겉옷의 아래 부분에 늘어뜨린 옷자락이 달린 옷 하나를 택 해서

갈아입고 난 후 그 용모가 모든 이들이 보기에 마치 봄을 맞이한 것처 럼 보였으며

옷 밑으로 드러난 사지가 아름다운 색으로 밝게 빛을 발하고 있었으니

하느님께서 그보다 더 완벽한 기사를 창조하지 않으셨으리라 생각되었 다.

사람들 간에는 그가 이 세상의 어느 곳에서 왔든지 간에

격렬한 전투가 일어나는 그 어떤 전장에서도 비길 데 없는

최고의 기사로 여겨졌다.

숯이 타고 있는 벽난로 앞에 가윈이 앉을 덮개가 씌워진   875

의자가 신속히 준비되었는데

솜씨 좋게 만든 장식 덮개와 속을 누빈 쿠션이 한쪽에

놓여 있었다.

그리고 화려한 털외투를 그의 어깨 위에 덮었는데

그 외투는 갈색빛을 띠는 최상의 천 위에 화려한 자수를 넣었고

안쪽은 실로 지상에서 가장 좋은 담비 모피를 덧대었으며 두건 역시 같은 소재를 사용한 것이었다.

그가 눈부시게 장식된 의자에 앉아 따뜻하게 몸을 녹이자 몸은 생기가 돌고 기분이 유쾌해졌다.

곧이어 아름다운 가대(架臺) 위에 식탁이 설치되고 순백색의 식탁보 위에 은제 소금 그릇과 은제 스푼이 놓였으니

가윈은 즐거운 마음으로 손을 씻고 음식을 먹기 위해

여러 음식으로 가득한 화려한 식탁에 앉았다.

최상의 요리법으로 만들어진 다양한 수프 종류가 준비되어

귀빈을 대접하는 데 어울리도록 평소보다 많은 양이 나왔고

많은 종류의 생선 요리가 나왔는데,

어떤 것은 빵과 함께 나왔으며 어떤 것은 약한 불에 굽고

어떤 것은 끓이고, 또 어떤 것은 다양한 양념과 향료를 넣어 스튜를 만들었으니,

모든 요리에 다양한 소스가 정교하게 곁들여져 그 기사의

구미를 만족시키기에 매우 흡족했다.

기사는 즉각 예의를 갖춰서 그 대접이 굉장한 성찬이라고 거듭 말했으며

이에 그들 또한 공손하게 한목소리를 내며 그에게 맛을

보도록 재촉했다.

"우선은 속죄의 상징인 이 간소한 음식을 드십시오.

내일은 성대한 음식으로 대접하겠습니다."

기사는 술기운이 머리까지 퍼졌기에

기분이 매우 유쾌해졌다.

이윽고 이 기사의 사적인 것들에 관한 신중한 질문들이   901

재치 있게 청해졌으니,

그는 자신이 그 유명한 원탁을 다스리는 고귀하고 영화로운

아서왕의 궁정에 속한 한 기사이며,

이렇듯 크리스마스 축일에 우연히 이 성에 찾아와

지금 이 홀에 앉아 있는 본인의 이름이 가윈이라는 것을

정중히 알렸다.

성주는 그곳에 어떤 손님이 방문한 것인지를 알게 된 후

그 사실에 크게 웃음을 터뜨렸으니, 그것은 그에게 너무도

기쁜 일이기 때문이었다.

그리고 성안에 있던 모든 사람들은 지극한 기쁨 속에서

거의 면전에 속히 모습을 보이고자 노력했으니

이는 모든 뛰어난 미덕과 용맹스러움, 그리고 기사로서 품위 있는 예의

범절을 갖추었고

끊일 줄 모르는 찬사와 더불어 세상 그 누구보다도 드높은

명성을 지닌

그와 가까이하고 싶었기 때문이었다.

가까이 있는 사람들끼리 낮은 목소리로 말을 나누기를,

"운 좋게도 우리는 고귀한 궁중 화술에 나오는

기사도 예의범절의 품위 있는 표현들을 들을 수 있게 되었소.

여기 이렇게 훌륭한 혈통의 완벽한 기사를 모셨으니

이제 우리는 좋은 화술을 통해 어떠한 득을 얻을 수 있는지를 질문을
통하지 않고도 터득할 수 있을 것이오.

하느님께서는 참으로 자비로운 은총을 베푸사 모든 이들이

기쁨으로써 그분의 탄생을 노래하며 앉아 있는 이러한 때에

가원 경과 같은 그러한 손님을 맞이할 수 있도록

허락해주셨군요.

이 기사가 우리들에게 진정한 고상한 예법이 무엇인지 알려줄 터인즉

그에게 귀를 기울이는 자는 누구든지 사랑의 화술에 대한

기교를 배울 수 있으리라 확신하오."

저녁 식사를 끝내고 난 그 귀한 기사가 식탁에서 일어났을 때는 이미
어두운 밤이 되어 있었다.
928

승려들이 예배당으로 향하여 축제기에 그들이 당연히 해야 하는

엄숙한 저녁기도를 알리는 종을 아주 우렁차게 울렸다.

성주는 예배에 참석했으며 그의 부인도 그 자리에 정중한

태도로 참석해서

아름답게 장식이 된 칸막이가 있는 예배 좌석에 앉았다.

가원 경 역시 아주 즐거운 마음으로 곧장 예배당으로 서둘러 갔다.

성주는 가원을 친숙한 태도로 맞이하여 그의 팔 소매를 잡고 그를 좌석
으로 안내하며, 세상에서 누구보다도 그를 가장

환영한다고 말했다.

이에 가윈은 진심으로 성주에게 감사를 표시하며 서로 포옹을 나누고

예배가 지속되는 동안 함께 조용히 좌석에 앉아 있었다.

예배가 끝난 후 가윈이 보고 싶어진 성주 부인이

아름다운 여인들과 함께 그녀의 사석 예배실에서 나왔다.

그 부인의 머리와 몸, 얼굴색과 몸가짐이 너무나

아름다웠기에

가윈은 그녀가 귀느비어 왕녀 이상 가는 미인이라는 생각을 했다.

그녀는 정중하게 성단소를 지나 그 예의 바른 기사를 맞이하였다.

나이가 지긋하게 들어 보이는 한 노파가 그녀의 왼편에 있었는데

주위에 있는 많은 사람들에 의해 매우 존경받는 인물처럼 보였다.

하지만 두 여인의 모습은 판이하게 달랐으니,

젊은 부인이 신선한 분위기를 풍겼다면

다른 여인은 시든 모습으로

부인의 볼에서 장밋빛 홍조가 얼굴 전체에 감돌고 있었지만

다른 여인은 흉하게 주름진 볼이 축 늘어져 있었다.

부인은 번쩍이는 진주가 달린 스카프를 두르고

그녀의 가슴과 흰 목 부분을 드러냈으니

언덕 위에 떨어지는 흰 눈보다도 더욱 환한 빛을 발했다.

한편 다른 여인은 목 가리개 천을 두르고

나이 들어서 거무스름해진 턱은 백묵처럼 흰 베일을 감쌌으며,

이마에는 가장자리에 격자무늬로 세부 장식을 수놓은 비단 천을 둘러

검은 눈썹 부위를 제외하고는 가려지지 않은 곳이 없었고,

노출된 검은 눈썹과 두 눈, 코, 입술은 전혀 아름답지 않았으며 그 눈은

흐릿했었다.

널리 존경받는 그녀의 진가야말로 참으로 칭송되리라!

그녀는 키가 작고 엉덩이는 불룩하게 솟아 펑퍼짐했으니

여인의 감미로움은 그녀가 이끌고 있는

젊은 여인에게서 느낄 수 있는 셈이었다.

가원은 정중하게 그에게 눈길을 보내는　　　　　　　　　970

아름다운 여인에게 눈을 돌렸고

이윽고 성주의 허락을 받아 두 여인을 맞이하기 위해 그들에게 나아갔
다.

그는 나이 든 여인에게는 깊이 머리 숙여 절했고,

아름다운 여인은 자신의 팔에 신속히 가볍게 안아서

공손하게 키스하며 궁중 예법에 따라 말을 건넸다.

두 여인은 그와 잘 알고 지내기를 간청했으며

가원은 받아주기만 한다면 즉시 그들의 충성스러운 종이

되기를 원했다.

그는 그들 사이에서 대화를 나누며 거실의 벽난로 앞으로

안내를 받아 갔으며

여인들이 즉시 맛있는 별미를 가져오도록 하인에게 시키자

지체 않고 후하게 대령했으니,

매번 음식을 대접할 때마다 기운을 돋우는 훌륭한 술도

함께 나왔다.

성주는 기쁨에 넘쳐 뛰며 아주 다정한 태도를 보이면서
반복해서 그곳에 모인 사람들이 흥겨운 분위기를 유지하도록 당부했다.
활기찬 모습으로 그의 머리에서 두건을 벗어들어 창 끝에 매달고
이 크리스마스 절기에 가장 흥겨운 오락을 제공하는 자에게
그것을 소유할 수 있는 영광을 주겠노라 공언했다.
"나 역시 내 친구들의 도움을 받아 이 게임에 참여하도록 할 것이오.
이 두건을 잃기 전까지 내 명예를 걸고 친구들과 겨루겠소."
그렇게 성주는 재미있는 말들을 하며 즐거운 분위기를 만들었기에
그날 밤 홀 안은 웃음을 자아내는 대화로 즐거운 여흥을 자아내서
가윈 경을 흥겹게 했다.
이제 성주가 촛불을 가져오라고 명하는 시간이 되자
가윈은 그곳을 떠나 자신의 침실로 들어갔다.

아침이 되어 모든 이들이 예수님이 모든 이들을 구원하려고 죽기 위해
서 태어나신 때를 마음 가득히 축복할 때에   995
세상 모든 곳에서 기쁨이 넘쳐흘렀다.
그렇기에 그날은 여러 가지 맛있는 음식이 제공되었으니,
열성적인 하인들이 한결같이 정교하게 요리된 최고의 음식들을
높이 위치한 식탁 위에 정식 만찬 때나 그렇지 않은
때에나 상관없이 차려놓았다.
그 존대받는 노부인은 명예석에 앉았으며 짐작건대 그 성주는 정중한
법도에 따라 그녀의 옆에 자리를 같이하였다.

가원과 그 아름다운 성주 부인은 예법에 따라

맨 먼저 식사가 제공되는 식탁의 한중간에 자리를 잡았고,

모든 이들이 신분 서열에 따라 대접받을 때까지

절차에 따라 향연장을 통해 참석자들에게 음식이 제공되었다.

그곳에는 맛있는 음식들과 기쁨에 찬 소리, 흥겨움이 넘쳐흘렀으니

그러한 정경을 자세히 묘사하려면 아무리 심혈을 기울여도

어려울 것이다.

그러나 확실한 것은, 가원과 그 아름다운 성주의 부인이

동석해서 전혀 저속함이 스미지 않은 채로 세련되고 예의 바르게

즐거운 대화를 나누었으니

진실로 그들의 여흥은 그 어떤 귀인들의 화려한 오락보다도

훌륭한 것이었다는 점이다.

나팔과 케틀드럼, 피리 소리가 우렁차게 울리는 가운데

모두가 자신의 즐거움에 취해 있었고

그들 둘 역시 둘만의 즐거움에 몰두해 있었다.

크리스마스 날과 다음 날까지 굉장한 여흥이 있었으며   1020

전날과 마찬가지로 기쁨이 충만한 그 다음 날이 곧 뒤따랐다.

크리스마스 절기 마지막 날인 성 요한의 날(12월 27일) 축제에 울려 펴
지는

환희에 찬 소리들은 참으로 영광스럽게 들렸다.

그곳에 모인 사람들은 그날이 축제 기간의 마지막 날이라는 것을 알고

있었고

초대된 손님들이 희뿌연 새벽녘에 떠날 예정이었기에

모두가 밤이 늦도록 잠도 안 자고 실컷 여흥을 즐기면서

술을 마음껏 마시며 흥겨운 캐럴 송을 부르며 쉬지 않고 춤을 추었다.

마침내 밤이 너무 깊어지자 그곳에 살고 있지 않은 방문객들이

작별 인사를 하고 떠날 채비를 하러 갔다.

가윈이 성주에게 작별 인사를 건네자 성주는 그를 붙잡아

자신의 사실로 안내해 난롯가로 데리고 가 자신에게 보여준

그의 존경의 표시에 대해 고마움을 전했다.

그리고 가윈이 이러한 축제 기간에 자신의 성에 머물러서

명예로운 긍지를 부여해주고 자신과 동료들과 함께한 것에 대해

정중하게 감사의 뜻을 표했다.

"경이여, 예수의 탄생 축제일에 그대가 나의 귀한 손님이 되어주었다는

사실이 내가 살아 있는 동안 무한한 행운이 될 것이 분명하오."

"황공합니다. 성주님," 가윈이 답하기를,

"정말 감사받을 사람은 당신이므로 이 모든 영광을 당신에게 돌립니다.

당신에게 하느님의 은총이 가득하기를!

이제 소인은 당신의 명령에 따라 당신이 원하시는 바를 행할 것이니,

큰일이나 작은 일이나 당신의 명하시는 모든 일을 기꺼이

수행하는 충복이 되겠습니다."

성주는 가윈을 성안에 오랫동안 붙들어두기를 열망했으나,

가윈은 결코 더 이상 오래 머물 수 없다고 말했다.

그러자 성주가 매우 정중하게 물었으니,

무슨 심각한 용무로 이 성스러운 축제 기간이 채 끝나기도 전에

그가 왜 말을 홀로 몰아 그렇게 왕궁을 떠나야만 했는지 궁금해했다.

가윈이 말했다. "실로 당신께서 궁금해하심이 당연합니다.

이유인즉 중요하고 긴급한 용무로 인해 제가 살고 있던 성에서 나오게

되었는데,

제가 직접 어디에서 찾아야만 할지 전혀 알지 못하는

어떤 장소를 찾도록 부름을 받았기 때문입니다.

새해 아침까지는 로그레스 전역을 통하여 반드시 그곳에

당도해야만 합니다.

그런 이유인즉, 이제 성주님께 간청하오니

녹색 예배당에 대한 언급을 들은 적이 있으시다면

그것이 어디에 있는지, 그리고 그 예배당을 지키고 있는 녹색기사에 대

해

알고 계시다면 있는 그대로 저에게 다 말해주시기를 바랍니다.

성스러운 맹약에 의한 합의에 의해서 그때까지 제가 살아 있는 한

그 장소에서 그와 대면하기로 되어 있기 때문입니다.

그리고 이제 그 약속한 새해까지 시간이 얼마 남지 않았습니다.

하느님께서 허락하신다면, 예수께 맹세코, 세상 어떤 보물에

눈을 두기보다는

기꺼이 그 녹색기사를 만날 것입니다.

그러니 진정코 성주님의 허락하에 떠나야만 합니다.

이제 저에게 분주히 찾아야 할 기간이

겨우 사흘밖에 남지 않았으니,

제가 임무를 수행하지 못한다면, 바로 쓰러져서 죽는 게 나을 것입니다."

말이 끝나자 성주는 웃으면서 말했다. "내가 그 마지막

사흘째에 그대를 지정된 장소로 안내하겠으니

이제 그대는 이곳에 조금 더 머물러도 되오.

녹색 예배당이 어디에 있는지에 대해서 더 이상 걱정하지

않아도 됩니다.

침대에 편안히 누워 쉬었다가 새해 첫날이 되어 떠나더라도

오전 중으로 약속 장소에 도착할 수 있을 것이오.

새해 첫날까지 이곳에서 머물다 떠나도 됩니다.

안내인을 따라서 길을 따라 가면 이 마일도 되지 않는 곳에서

발견할 수 있을 겁니다.

이 말을 들은 가원은 매우 기뻐서 유쾌한 웃음을 터뜨렸다.　　1079

"성주님의 호의에 이 세상 무엇보다도 더 감사드립니다.

이제 저의 모험은 성취된 것이나 다름없으니

성주님께서 바라시는 대로 이곳에 머물도록 하겠습니다.

그리고 성주님이 합당하다고 생각하시는 일에 응하고자 합니다."

그러자 성주는 가원을 데려와 자기 옆 좌석에 앉히며

그들의 여흥을 돋우기 위해 여인들을 들여보내도록 했다.

그곳에 둘만의 지고의 흥겨움이 있었으니,

성주는 가원과의 교제가 너무 즐거운 나머지

마치 정신이 혼미해져 자신이 무엇을 하고 있는지도

모르는 사람처럼

가원에게 큰 소리로 말했다.

"그대는 내가 요구하는 것을 수행하기로 합의했노라.

그대는 그 약속을 바로 이 자리에서 지킬 수 있겠는가?"

"맹세코 지킬 수 있습니다"라고 자신의 말에 충실한 그 기사는 답변했

다.

"성주님 성안에 머무시는 동안 저는 성주님의 명령에

따르겠나이다."

"그대가 멀고 험난한 길을 여행하고

밤늦도록 나와 함께 지새운 고로

식사나 휴식을 충분히 취하지 못해 심신이 완전히 회복되지

못한 점을 내 잘 알고 있소.

그대는 침실에서 편안하게 내일 아침 예배 시간까지 쉬도록 하시오.

그리고 그대가 원할 때 식사를 하러 오면 나의 부인이 그녀의 시종들과

함께 그대와

동석하여 내가 성으로 돌아올 때까지 그대를 즐겁게 하도록 하겠소.   1100

그대는 이곳에 머물고, 나는 일찍 일어나서

사냥을 나갈 것이오."

가원이 성주의 말에 동의하면서, 정중한 태도로 그에게 고개 숙여 예를

취했다.

성주가 말을 이었다.

"한 가지 더 약속을 하기로 합시다.

내가 숲에서 얻는 것은 무엇이든 그대의 소유가 될 것이니,

그대가 이곳에서 얻는 것은 무엇이든 내 것과 교환하는 거요.

그러니 훌륭한 친구여, 우리가 교환하는 것으로 이득을 얻든 손해를 보든 상관없이

무조건 이러한 방식으로 교환하기로 진심으로 맹세하시오."

가원이 말했다. "하느님의 이름을 걸고 동의합니다.

당신께서 그러한 게임을 원하신다면 저도 진심으로

만족합니다."

"우리의 약속을 봉인할 술을 들여오라. 우리의 서약이 이루어졌도다."

이렇게 성주가 말한 후 그들은 유쾌하게 웃음을 터뜨렸다.

귀인과 귀부인들은 서로 담소를 나누면서 술을 마시고 즐기고 싶을 때까지 마음껏 여흥을 누렸다.

이윽고 그들은 정교한 궁중예법에 따라 정중하게 대화를 나누며 자리에서 일어나 잠시 지체하면서

조용히 서로 말을 주고받으며 의례적인 키스를 나눈 후 자리를 떠났다.

밝은 빛을 발하는 횃불을 든 많은 하인들이 그들을 모두

조용히 침실로 안내했다.

하지만 침실로 향하기 전에 그들은 전의 약속 사항을 반복해서 상기했다.

그곳을 오랫동안 지켜온 성주는 이 게임을 어떻게 진행해야 할지를 너무도 잘 알고 있었다.

제3장

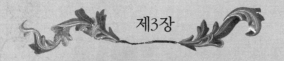

동이 터오기도 전인 이른 새벽에 일행은 일어났다.　　　　　1126

　길을 떠나고자 하는 손님들이 자기 하인들을 부르자

　그들은 즉시 서둘러 말에 안장을 얹고, 모든 장비를 준비해서 자루에
채워 넣었다.

　최고 신분의 손님들이 말을 탈 채비를 갖춘 후

　재빨리 말안장 위에 뛰어올라 고삐를 움켜쥐고

　각자가 가장 원하는 곳을 향해 길을 떠났다.

　많은 신하들을 거느린 그 땅의 성주는 말을 몰고 나갈 채비가 갖추어진
마지막 사람이 아니었으니,

　그는 미사에 참여한 후 서둘러서 식사를 가볍게 들고

　나팔 소리에 맞춰서 숲 속의 사냥터로 전속력을 다해 달렸다.

　아침을 여는 햇살이 땅 위를 비추기 시작할 무렵

　성주와 신하들은 높은 말 위에 앉아 있었다.

　그리하여 자기 임무에 능숙한 사냥꾼들이 사냥개를 두 마리씩 짝을 지

어 가죽 끈에 매고

나팔을 세 번 우렁차게 불면서 개집의 문을 열어 사냥개들을 큰 소리로
불러냈다.

그 소리에 냄새를 전문적으로 맡는 작은 사냥개들이 사납게

짖으면서 쫓기 시작했으며

고도의 숙련된 사냥꾼들이

그곳에서 다른 냄새를 쫓아 대열에서 벗어난 개들을 채찍질해서

다시 되돌아오도록 소리치는 것을 들었다.

사냥개를 감시하는 사람들은 사냥 진지로 가서 개를

묶어두었던 가죽 끈들을 풀어 던졌고

사냥꾼들이 부는 굉장한 나팔 소리에 그 숲은 온통 시끄러운

소음으로 뒤덮였다.

사냥개들이 울부짖는 첫 외침에 숲 속의 짐승들이   1150
두려움에 떨었다.

공포에 질린 사슴들이 계곡을 따라 뛰쳐나와서 높은 지대로

황급히 질주했지만,

격렬하게 소리치는 몰이꾼들에 의해 순식간에 저지당해서 되돌려졌다.

그러나 몰이꾼들은 위로 높이 치솟은 가지 모양의 뿔 달린

수사슴들과 옆으로 넓게 가지 친 모양의 뿔을 지닌 수사슴들은 그냥 통
과시켰는데,

그것은 고귀한 군주가 그 누구도 금렵기간¹에

수사슴을 해치지 못하도록 명령했기 때문이다.

몰이꾼들의 외침 소리와 함께 붉은 암사슴들이 요란한 소리를 내며 깊은 골짜기로 몰아졌다.

사람들은 시위를 떠나 비스듬히 나는 화살들을 볼 수
있었으니, 숲 속 곳곳의 모퉁이마다 화살들이 발사돼서
이 사슴들의 갈색 살갗을 깊숙이 파고들었다.
아! 사슴들은 피를 흘리며 울부짖으면서 언덕의 중턱에서 죽어갔다.
사냥개들은 줄곧 냄새를 쫓아서 쏜살같이 그들을 추격했고
우렁찬 소리를 내는 뿔피리를 가진 사냥꾼들은 마치 산 속의 바위를 부쉬뜨릴 만큼 요란한 소리를 지르며 그 뒤를 황급히 추격했다.

궁수를 피해 달아난 짐승들이 고지대에서 사냥개들에게 쫓기며 개울가까지 도망쳐 내려왔다.

그러나 아래 사냥 기지에 있던 자들은 사냥술에 매우 능한
자들이었고 그 사냥개들은 몸집이 매우 컸으니
그들은 실로 눈 깜짝할 순간에 사냥물들을 잡아 해치웠다.
성주는 즐거움에 가득 차서 암사슴을 잡기 위해 말을 몰고
활을 쏘기 위해 종종 말에서 내리면서 계속 질주하였고
이러한 즐거움 속에 하루가 지나 해가 졌다.

이처럼 성주가 숲의 경계선을 따라 사냥을 즐길 때   1178

---

1 수사슴harts and brave bucks의 금렵기간은 9월 14일부터 6월 24일이고, 암사슴hinds and does은 9월 14일부터 2월 2일까지 사냥이 가능했다.

훌륭한 기사 가원은 벽면에 햇살이 비칠 때까지
아름다운 커튼으로 치장된 멋진 침대에 누워 있었다.
그가 가벼운 잠에 빠져 있을 때 문가에서 작은 소리가 나면서
누군가가 살며시 문을 여는 소리를 들었다.
가원은 침대 덮개에서 머리를 들어올려 커튼의 한 귀퉁이를 벌리고서
무슨 소리인가 살피기 위해서 힐끗 문가를 살폈다.
거기에는 참으로 아름다운 여인이 있었다.
그녀는 은밀하게 소리 없이 문을 닫고 침대 쪽으로 향하였다.
이에 기사는 몹시 당황하며 재치 있게 얼른 몸을 눕히고 잠든 척했다.
이윽고 그녀는 조용히 발을 내디디며 그의 침대로 와
커튼을 걷고 안쪽으로 들어와서 침대 가에 살며시 자리 잡고 앉아
기사가 잠에서 깨어날 때까지 오랫동안 기다리고 있었다.
가원은 오랜 시간 잠든 척 누워 있으면서 이리저리 생각을 했지만
이 상황이 참으로 기이한 일로 여겨졌다.
그래도 속으로 되뇌기를, '그녀에게 즉시 말을 건네서
원하는 것이 무엇인지를 알아보는 편이 이렇게 누워 있는
것보다 더 나을 거야' 라면서
잠에서 깨어 기지개를 펴고 그녀 쪽으로 몸을 돌려 눈을 뜨고
그녀의 모습에 매우 놀란 척하며
기도로써 자신을 보호하려는 것처럼 성호를 그었다.
희고도 붉은빛이 감도는 아름다운 얼굴의 그녀는
입술에 가벼운 미소를 띠고 상냥하게 말을 건넸다.

"가윈 경, 잘 주무셨는지요?" 부인이 애교 있는 목소리로 아침 인사를
건넸다.
"누가 이곳에 몰래 들어와도 모르도록 자다니

당신은 정말로 부주의한 잠꾸러기군요.

이제 그대는 순식간에 나에게 붙잡혔으니

우리가 제대로 협상을 이끌어내지 못하면 내 분명히 그대를 이 침대에
가두겠어요."

그녀는 웃으면서 농담을 터뜨렸다.

가윈이 인사말을 건넸다,

"아름다운 부인이여, 안녕하신지요.

그대가 원하는 대로 하십시오. 저는 기꺼이 응하겠나이다.

제 소견으로는 제가 즉시 굴복하여 그대의 자비를 구하는 것이 최상의
일인 것 같습니다."

그렇게 가윈은 유쾌한 웃음을 한껏 터뜨리며 그녀의 말을 재치 있게 받
아넘겼다.

"하지만, 아름다운 부인이여, 바라건대

지금 저를 이 자리에서 떠나도록 허락해주소서. 그리하여

그대의 포로를 놓아주시어 침대에서 일어나라고 말하신다면

저는 이 침대를 떠나 좀더 예의를 갖춘 의상으로 갈아입고 싶습니다.

그리고 나서 그대와 더 많은 이야기를 나누는 즐거움을 누리고 싶습니
다."

"훌륭한 분이여, 그건 진정코 허락할 수 없습니다"라고

아름다운 부인이 말했다.

"침대에서 일어나시면 안 돼요. 제게 더 좋은 생각이 있습니다.
내가 앉아 있는 곳의 반대쪽 침대 커버로 당신을 단단히 감싼 다음
포획당한 나의 기사와 대화를 나누고 싶어요.
나는 그대가 어디를 가든 세상 모든 사람들이 존경해마지않는 가원 경
이라는 것을 잘 알고 있습니다.
그대의 명예와 궁중예법도 여러 귀인, 귀부인들과 생명을 지닌 모든 이
들에 의해서
한없이 찬양되고 있는 것도 알고 있어요.
그리고 실로 그대는 이제 이곳에 저와 단둘이 있습니다.
제 남편과 신하들은 먼 길을 떠났고 다른 사람들은 아직 침대에 있으며
나의 하녀들 역시 아직 일어나지 않았습니다.
문은 닫혀 있고 견고한 빗장이 굳게 채워져 있고
지금 나는 이곳의 모든 사람들이 존경해마지않는 분과 함께 있으니
시간이 허락하는 한 그대와 대화를 나누며 있을 거예요.
당신을 진실로 환영하오니 이제 당신이 원하시는 바대로 하세요.
저는 필연적으로 당신의 하인이오니 그렇게 되도록 따르겠습니다."

"실로 제가 지금 부인께서 말씀하신 그런 사람이 되지 못할지언정   1241
저에게 그런 말을 해주신 것은 커다란 영광이자 과찬이옵니다.
그대가 방금 말씀하신 명예를 얻기에는 제 자신이 부족함을
너무나 잘 알고 있습니다.
제가 말이나 어떤 행동으로 그대에게 헌신할 수 있다고

당신께서 생각해주신다면 맹세코 제게 무한한 기쁨일 것입니다."

아름다운 그 부인은 흥겨운 어투로 말했다.

"실로 모든 이의 칭송을 자아내는 당신의 미덕과 무용을 제가 흠을 잡
거나 손상시킨다면

그건 정말로 무례한 처사일 것이옵니다.

왜 그러냐 하면, 고귀한 기사여, 제가 지금 이곳에서

당신을 붙잡고 있듯이

자기 손아귀에 당신을 소유하고 싶이 하는 여인들이 많이 있습니다.

그들은 많은 금은보화를 지니는 것보다도

그대와의 즐거운 대화를 통하여 훨씬 더 생의 위안을 얻고

사랑에 대한 슬픔을 누그러뜨릴 수 있다고 믿습니다.

하지만 저는 천상을 다스리시는 하느님께 감사를 드리니, 그분의 은총
에 힘입어

세상의 모든 이들이 원하는 것을 제 손 안에 완전히 가지게

되었습니다."

지극히 아름다운 얼굴의 그녀는 가윈에게 아주 공손히 대했고

그 역시 그녀가 한 말에 나무랄 데 없는 방법으로 화답했다.

행복한 마음에 들뜬 가윈이 말했다, "부인이시여, 성모   1263
마리아의 은총이 그대와 함께하시길!

진실로 말하건대 그대에게서 고귀한 관대함을 발견할 수 있습니다.

어떤 이들은 그들의 행위로 인해 다른 사람들에게서 많은

찬사를 얻곤 합니다.

하지만 그들이 저에게 주는 존경은 절대로 제 장점 때문이 아니라,

오히려 단지 부인께서 남을 높여주는 관대함에서 기인한 것입니다."

그러자 고귀한 부인이 말했다. "성모 마리아께 맹세코, 저는

그렇게 생각지 않습니다.

제가 세상의 다른 여성들을 다 합친 것 같은 가치가 있고

제 손 안에 세상의 부를 모두 쥐고 있어서

나의 남편감으로 최고의 사람을 찾아내서 선택하게 된다면,

고귀한 기사여, 내가 지금 이곳에서 발견하게 된 그대의

덕성들로 인해, 즉, 당신에 대해 전부터 들어왔던

고상한 특성과 수려한 용모, 궁중예법, 쾌활한 태도가 지금

진실임을 확인했기 때문에

다른 누구도 아닌 당신만이 나의 유일한 선택이 될 것이에요."

기사가 말했다. "부인, 당신은 이미 훨씬 훌륭하신 분을

선택하셨습니다.[2]

하지만 저는 부인께서 저를 평가하신 가치에 대해서 무한한

명예로움을 느낍니다.

저는 당신을 저의 군주로 모시고 당신의 진정한 충복이 되겠습니다.

당신께 예수 그리스도의 은총이 가득하기를!"

이와 같이 그들은 여러 가지 말을 한나절이 지나도록 나누었다.

여인은 내내 그 기사에 대한 지극한 연정을 품고 대했으며

기사는 자신을 방어하면서 지극히 정중한 태도를 보였다.

---

2 가원 경은 성주 부인에게 그녀가 결혼한 여인이라는 사실을 교묘히 암시함으로써 그녀의 첫
번째 유혹을 물리친다.

비록 그녀는 기사가 생각하기에 가장 아름다운 여인이었지만

그가 대면해야 할 운명에 대한 생각 때문에

그의 태도에는 사랑의 열정이 타오르지 못했으니,

그에게 내리쳐질 도끼의 일격은 여지없이 다가올 것이다.

여인이 일어나겠노라 말하자 그는 즉시 그에 승낙했다.

그러자 그녀는 안녕을 고하면서 미소를 지으며 그를 힐끗 바라보았다.　　1290

그녀가 일어나면서 매우 엄한 말투로 그를 몹시 당혹하게 했다.

"모든 이들의 대화를 축복하시는 하느님께서 이러한 즐거움을 주신 당신에게 은총을 내리시기를!

하지만 나는 그대가 가윈 경이라는 것을 믿을 수 없습니다."

"왜 그러지요?"

기사는 행여나 그의 말에서 어떤 실수를

저지른 것이 아닌가 하는 염려에서 즉시 걱정스럽게 물었다.

그러나 여인은 그의 안녕을 기원하며 다음과 같은 이유를 들었다.

"예의범절의 표상으로 간주되는 완벽한 기사인 가윈 경 그대가

그렇게 오랫동안 여인과 함께 있으면서 예의의 표시인 키스를 청하지 않는다는 것이 이해가 되지 않아요.

대화의 말미에서 어떤 사소한 종류의 암시로서나마 말이지요."

가윈이 말했다. "옳습니다. 부인께서 원하시는 대로 하소서.

합당한 기사의 도리에 따라서 당신의 분부를 받들어 키스하겠습니다.

하지만, 당신에게 예의에 벗어난 행동을 범하지 않도록 이와 같이 더

이상 당신의 요구를 감행하지 마소서."

가윈이 말을 마치자, 여인은 정중하게 몸을 굽혀 그를 팔에

안아 우아하게 키스를 했다.

그들은 정중한 말씨로 서로에게 예수 그리스도의 가호를 빌었고,

그녀는 더 이상 아무 말없이 문으로 나갔다.

그러자 그는 서둘러 일어날 채비를 갖추고 자신의 하인을 불러 의상을

차려입었다.

채비가 끝나자 가벼운 마음으로 예배에 참석한 후

그를 환대하기 위해 준비된 식사를 하려고 식탁으로 향했다.

그곳에서 저녁달이 떠오를 때까지 온종일 즐거운 기분으로 지냈다.

기사는 일찍이 젊은 여인과 나이 든 여인, 이렇듯 두 고귀한 여인과 함께

그처럼 즐거운 시간을 가져본 적이 없었으니

그들과 함께함으로써 지극한 평온과 즐거움을 누렸다.

한편 그 땅의 성주는 숲과 황야 지대에서 새끼가 없는   1319

암사슴을 추적하면서

줄곧 사냥에 몰두해 있었다.

태양이 서쪽으로 기울 무렵 그가 포획한 암사슴과 다른

사슴들을 세어보니

놀랄 만큼 많은 수였다.

마침내 사냥꾼들이 의기양양하게 떼 지어 모여들어서

재빨리 사냥감들을 한군데로 모았다.

신분이 가장 고귀한 성주가 그의 신하들과 함께 그곳으로 다가가서
그중에 가장 살진 것들을 골라내어 사냥감을 처리하는 절차에 따라
능숙하게 잘라 잘 다듬을 것을 명령했다.[3]

그 자리에 있던 몇 사람이 선택된 사슴의 가치를 분석해본 결과,
사냥물 중 가장 빈약한 것에서조차 손가락 두 개
폭(0.75~1인치×2) 정도의 지방이 쌓여 있음을 발견했다.

그들은 목구멍 아래 우묵한 부위를 절단해서 식도를 붙잡아
예리한 칼로 긁어내고 하얀 내장 부위를 묶었다.

다음으로 다리 네 개를 자른 후 가죽을 벗겼고 복부를 갈라서 앞서 묶어놓은 매듭 부분이 풀어지지 않도록 조심하면서
내장을 능숙하게 끄집어냈다.

식도를 잡아 숨통에서 재빨리 떼어내고, 창자를 끌어 올렸다.

그런 후 그들은 다리 사이에 구멍을 내어 그곳으로 예리한
칼을 집어넣어
양쪽 어깨 마디뼈를 잘라 끄집어내었으니
그 측면 부위의 표면은 조금도 손상되지 않았다.

그런 다음 그들은 가슴 부분을 절개해서 양쪽으로 벌린 다음
한 명이 다시 식도 부위의 작업을 시작했으니,
순식간에 앞다리 부위까지 길게 칼로 베어 열어서 그 부위의 폐를 말끔히 제거하고
이어서 재빨리 늑골에 붙어 있는 피막을 떼어냈다.

같은 방식으로 그들은 등뼈를 따라 둔부의 아래 부위까지

---

3 중세시대에는 귀족 계급이 죽은 사슴의 시체를 능숙하게 분리하는 것을 명예로 여겼다.

깨끗하게 다듬고 나서
내장들을 통째로 들어 올려 잘라내고
그것들을 적절하게 내장이라고 명명했다.
그들은 뒷다리의 갈라진 부분에 처진 살을 베어내고
서둘러서 죽은 사냥물의 등뼈를 따라 몸통을 두 부분으로 잘라 나누었다.

이어서 그들은 머리와 목을 자르고   1353
곧이어 등뼈에서 옆구리 살 부위를 분리해낸 후
흉골의 끝 부분에 있는 연골 조각을 숲 속으로 던져서 큰
까마귀의 먹이가 되도록 했다.
그리고 그들은 늑골 옆 두꺼운 양 옆구리에 구멍을 내어 각각 뒷다리
무릎으로 꿰어 걸어두었다.
그러고 난 후 모든 사냥꾼들이 각자가 취할 몫을 받았다.
사냥개들에게는 그 살진 사슴의 가죽과 더불어 간과 폐장,
복부 안쪽 부위의 살을 주고,
사슴 시체에서 흘러나온 피에 빵을 적셔서 함께 먹였다.
사냥개들이 시끄럽게 짖어대는 가운데 사슴의 포획을 알리는 나팔을 크
게 불면서
사슴 고기를 든 사냥꾼들은 자랑스럽게 돌아왔다.
날이 완전히 저물어 일행은 그 아름다운 성으로 돌아왔고
가윈 경은 밝게 타오르는 벽난로 옆에서 더할 나위 없는
만족감 속에 평온하게 머물고 있었다.

성주는 난롯가로 다가와 가윈 경을 만났고 이때 둘 사이에는 지극한 재
회의 기쁨이 넘쳐흘렀다.

그리고 성주는 성안의 모든 사람들을 홀 안에 모이도록 명령했으니   1372
그 두 고귀한 여인들도 그들의 하녀들을 거동하고 홀로 들어왔다.
홀에 모인 모든 사람들의 앞에서 성주는 신하들에게
그의 몫인 사슴 고기를 자기 앞으로 가져오도록 명했다.
그리고 그는 유쾌한 어조로 가윈을 불러서
잘 자라 살이 통통하게 오른 사슴 고기의 꼬리에 그의 관심을 기울게
한 후
늑골 부위에서 베어낸 기름진 살을 그에게 보이면서 물었다.
"그대는 이 사냥을 어떻게 생각하는지?
내가 찬사를 받을 만하지 않소이까?
내 사냥기술이 그대의 진실한 치사의 말을 받을 가치가 있다고 생각하
오?"
가윈이 말했다. "예, 진실로 말씀드리건대
이것들은 실로 제가 요 칠 년 동안 보아온 중 최상의 사냥물이옵니다."
그러자 성주는 "나는 이것들을 모두 그대에게 주겠소.
우리들의 약속에 의해서 그대는 이것을 소유하겠다는 요구를 할 수 있
기 때문이오"라고 말했다.
"사실 그대로입니다. 저 역시 성주님께 똑같은 말을 드리겠습니다.
제가 이곳에서 영예롭게 얻은 것은 기꺼이 흔쾌한 마음으로

당신에게 드릴 것입니다."

가원은 이렇게 말하면서 자기 팔에 성주의 아름다운 몸을 껴안아

할 수 있는 최상의 예를 갖춰서 그에게 키스를 했다.

"제가 얻은 것은 가지십시오. 다른 것은 얻은 게 없나이다.

제가 달리 더 가치 있는 것을 받았더라도 그것을 흔쾌히

드렸을 것입니다."

"아주 훌륭한 선물이오. 대단히 감사하오"라면서 성주가 말을 이었다.

"그대가 어디에서 이렇게 좋은 선물을 그대의 재주로

얻었는지를 말해줄 수 있다면 더 좋으련만."

"그것은 우리의 약속에 들어 있지 않습니다. 그런고로 더 이상 묻지 마

소서. 귀하께서는 응당 취해야 하실 것을 받으셨으니 더 이상 다른 것은

기대하지 마시길 바라옵니다." 가원은 답했다.

그들은 웃음을 터뜨리고 귀한 담소를 나누며 즐거운

시간을 가진 다음,

곧장 산해진미가 마련되어 있는 저녁 식사 회장으로 발걸음을 옮겼다.

식사를 끝내고 난 후 그들은 사실의 벽난로 옆에 자리를 차지했고   1402

시종들은 계속해서 그들에게 최상의 별주를 들여왔다.

그들은 농담 섞인 대화를 나누다가 다음 날에도 전의 그 약속을 또 한

번 행할 것을 동의했으니

그들이 얻는 것이 무엇이든지

밤이 되어 그들이 다시 만났을 때 그것을 교환하자는 것이었다.

그 둘이 궁중에 모인 모든 사람 앞에서 그 계약을 지킬 것에 동의하자

여흥을 돋우기 위해서 그들의 맹세를 축하하는 맹세주가 들여졌다.

그리고 마침내 공손하게 서로 작별을 고하고 향연장을 떠나

각자의 침실로 돌아갔다.

새벽을 알리는 수탉의 울음소리[4]가 세 번이 끝나기도 전에

성주와 그의 신하들이 모두 일어나 지체 없이 미사와 식사를 마치고

날이 밝기 전에 숲 속으로 사냥을 떠났다.

사냥꾼들의 함성과 요란한 뿔피리 소리와 함께 일행은 얼마 안 가서 들
판을 가로질렀고

가시나무 숲으로 사냥개들을 풀어놓자 그들은 허둥거리며

미친 듯이 뛰쳐나갔다.

이윽고 사냥개들이 늪지의 가장자리에서 짐승의 냄새를 맡아 짖어대자   1421

사냥꾼들은 고성을 발하며 맨 처음 냄새를 맡은 사냥개들을

재촉하여 불러 모았다.

그 충동질하는 소리를 들은 개들이 한군데로 급히 모여들었으니

그 수가 사십 마리가 되었다.

거기에 모여든 사냥개들이 내지르는 소란스러운 소리가

주위의 바위산에 메아리쳐 울렸다.

사냥꾼들이 뿔피리와 고성을 내며 사냥개들을 부추기자

---

4 중세시대에는 수탉이 한밤중에 운다고 믿었다.

개들은 한무리를 이루어 모두 함께 힘차게 돌진하여 숲 속의 작은 늪지
대와 험악하게 치솟은 바위 사이로 미친 듯이 달려갔다.

그들이 가파른 절벽과 소택지의 사이로 들어간 숲으로 향했을 때
바위산에서 바위덩이들이 커다란 소리를 내며 어지럽게
떨어지고 있었다.

개들은 사냥감을 찾아 계속 질주해갔으며 사람들은 그들을 따라갔다.
사냥꾼들은 사냥개들이 짐승 냄새를 맡고 짖어서 자신의
포위망 안에 사냥감이 있다고 확신이 될 때까지
험하게 치솟은 바위와 덤불숲을 탐색하며 포위해 들어갔다.
사냥꾼들은 수풀을 두드리며 사냥감이 튀어나오도록 소리를 지르자
짐승들은 자신의 길을 가로막는 포위망을 빠져나가기 위해
살기등등한 기세로 돌진해 나왔다.

사냥꾼을 향해 뛰쳐나온 것은 나이 들어서 야생 멧돼지
무리에서 떨어진
믿기지 않을 만큼 큰 수놈 멧돼지였으니,
그것이 사납게 으르렁거리며 위협하자 사냥꾼들의 간담이 서늘해졌다.
멧돼지의 첫번째 돌격으로 사냥개 세 마리가 땅바닥에 내팽개쳐지자
그것은 더 이상 공격을 하지 않고 쏜살같이 돌진해 나갔다.
사냥꾼들은 큰 소리로 "어이!"와 "여어!"를 목청껏 외치면서
뿔피리를 입에 대고 크게 불어 사냥개들을 다시 불러 모아 재정비했고,
멧돼지를 잡기 위해 소리 지르며 힘차게 돌진해 나가는
사냥꾼과 사냥개들의
즐거운 함성이 사방에 울려 퍼졌다.

멧돼지는 여러 번 궁지에 몰렸고 그때마다 그의 주위에 있는 사냥개 무

리에게 덤벼들었으며

　상처를 입은 개들은 고통으로 애처롭게 울부짖었다.

　그러자 사냥꾼들이 멧돼지에게 화살을 쏘기 위해 앞으로 밀고 나아갔다.　1454

　그들은 멧돼지를 겨냥해 활시위에서 화살을 날려 여러 번 명중시켰다.

　하지만 멧돼지의 어깨 부위를 겨냥해서 날린 화살촉들은 억센 근육을 뚫지 못했고

　멧돼지의 이마를 겨냥했던 화살 역시 그 살갗을 전혀 통과하지 못했다.

　비록 매끈하게 깎여 다듬어진 화살대가 갈기갈기 쪼개졌지만

　화살이 어느 곳을 강타하든 그 화살이 계속해서 튀어 나갔다.

　그러나 쉴 새 없이 계속되는 타격으로 인해 멧돼지가 결국

　미친 듯이 사냥꾼들에게 돌진해서 무자비한 공격을 감행하자

　많은 사냥꾼들이 공포에 질려 뒤로 물러섰다.

　하지만 준마에 타고 있던 성주는 사냥터의 용맹스러운 사냥꾼같이 나팔을 불면서

　말을 황급히 몰며 멧돼지에게 달려 나아갔다.

　사냥꾼들이 재집합하도록 뿔피리를 불면서 그는 빽빽한 관목 덤불 사이로 말을 몰아

　태양이 질 때까지 그 짐승을 추격했다.

　이처럼 그들이 사냥물을 추격하며 하루를 보내는 동안

　아름다운 기사 가윈은 화려한 색의 침대 덮개 아래에서

　안락하고 유쾌한 기분으로 누워 있었다.

성주 부인은 그에게 아침 인사를 전하기 위해 그곳에 오는 것을 잊지
않았으니

그의 마음을 돌리기 위해 이른 아침부터 그를 찾았다.

부인이 침대의 커튼 뒤에 서서 가윈을 살며시 들여다보자   1476
가윈 경은 즉시 정중하게 그녀를 맞이했고

그녀 역시 정중한 인사말로 그의 인사에 공손히 답했다.

그녀는 그의 곁에 살포시 자리 잡고 앉아 스스럼없이 웃음을 터뜨리며

애정 어린 눈길을 던지면서 다음과 같이 권했다.

"기사님, 당신이 진정 가윈이라면

모든 고귀한 예의범절에 정통하고 늘 선한 것을 염두에 두는 당신이

귀족 사회의 예법을 이행하지 않는 것을

참으로 이해할 수가 없군요.

그리고 당신께 그러한 예법을 가르쳐주는데도 그것을 마음에 두지 않고

지나쳐버리는 이유를 알 수가 없어요.

그대는 어제 제가 할 수 있는 가장 진실하고 평이한 말로 가르쳐드린
것을

너무나 빨리 잊어버리셨군요."

"그게 무엇입니까? 저는 전혀 생각이 나지 않는군요." 가윈이 물었다.

"당신이 말한 것이 사실이라면 모든 것이 제

불찰입니다."

"허나 저는 키스에 대해서 가르쳐드렸지요." 아름다운 부인이 대답했다.

"여성이 호감을 분명하게 엿보이면 신속히 그에 응하시는 것이
기사도를 존중하는 모든 기사들의 의무라구요."
"귀부인이시여, 이제 그 말은 그 정도로 하시지요"라고
그 담대한 기사가 말했다.
"내가 거절당하지 않을까 두려운 마음에 감히 그렇게 할 수
없었습니다.
만약 거절당하기라도 한다면 그처럼 접근했던 것도 커다란
실책이 되었을 것이지요."
그러자 귀부인이 말했다. "맹세코, 당신은 그 누구에게든지
거부당하지 않을 거예요.
당신은 당신을 거절할 정도로 예의를 모르는 여성을 복종시켜
당신의 뜻을 이룰 수 있을 만큼 힘이 세지요.
"하늘에 맹세코, 부인의 말씀은 지당하십니다.
하지만 무력을 사용하는 것은 제가 거하는 나라에서는
양속(良俗)에 어긋나는 것이며
또한 선의(善意)로 주어지지 아니한 선물을 받는 것은 부당한 처사로 간
주됩니다.
저는 당신의 뜻에 따르겠으니 원하실 때는 키스를 하소서.
당신은 원하시는 순간에 키스를 하실 수 있고 마땅한 때에
어느 때고 즉시 멈추실 수 있습니다."
그러자 그 부인은 몸을 굽혀 정중히 그의 뺨에 입을 맞추었다.
이어서 그들은 사랑의 기쁨과 비애에 대해 많은 대화를 주고받았다.

그러자 그 귀부인은 말했다.

"고귀한 기사님, 당신의 심기를 불편케 하지만 않는다면 알고 싶은 것
이 있사옵니다.

당신과 같이 젊고 담대하고 패기에 넘치며 그토록 예의 바르고 기사도
법도를 잘 지키며, 또한 세상 곳곳에 널리 알려진

당신과 같은 분이

무슨 연유에서 사랑에 대해 함구(緘口)하고 계신지 알고 싶습니다.

― 그리고 또 하나, 기사도의 모든 행위 중에서 선택한다면

가장 높이 받들어지는 것은 기사도 본분의 신조가 되는

충성된 사랑의 실천일 것입니다. 진정한 기사들의 행적을

알려주는 것은 그러한 기사도들의 로망스를 다루는 글로

새겨진 표제나 그 주된 내용을 다루는 책자들이지요.

왜냐하면 거기에는 어떻게 기사들이 그들의 진정한 사랑을

위하여 목숨을 걸었으며, 고통스러운 시련을 견뎌내었는지,

그리고 후에 어떻게 무용을 발휘하여 복수를 하고 그 시련의 시기를 견
뎌내었는지를 말해주고 있기 때문입니다 ―

더욱이 당대의 가장 덕망 있는 고귀한 기사로 평판이 나 있는

그대의 명성과 영예는 세상 어느 곳이든 잘 알려져 있습니다.

그리고 저는 두 번에 걸쳐서 이곳 당신 곁에 자리를 잡고 앉았지만

사랑과 관련된 단 한마디 그 어떤 말도 당신의 입으로부터

나오는 것을 들어보지 못했습니다.

그런고로 예의범절에 뛰어나고 기사도 직분을 확실히 수행함에 있어

공손하고 정중한 당신은 이처럼 젊은 여인에게 진정한 사랑의

기교에 대한 가르침을 신속히 주셔야 할 줄로 압니다.

설마! 그처럼 고귀한 명성을 누리신 분께서 사랑의 기교에

대해 무지하신 건 아니겠지요? 그렇지 않다면 제가 우둔하여

당신의 고매한 궁중화법을 충분히 이해하지 못하리라 생각하는

것은 아닙니까?

창피한 일입니다.

저는 당신으로부터 사랑의 기교를 배우기 위해 홀로 이곳에

와서 이렇게 앉아 있습니다. 성주께서 멀리 나가 계신 동안

당신이 알고 계신 그 기법을 저에게도 알려주세요."

이에 가원 경이 답했다. 1535

"충심으로, 신의 보답이 당신에게 임하길 바라옵니다.

당신과 같이 고귀하신 분이 흔쾌히 이곳에 오셔서 비천한 자로

더불어 마음에 심려를 당하면서까지 온갖 호의를 보이며

그 동료 기사와 함께 즐거움을 얻으려 하심이 저에게는 지극한 기쁨입니다.

하지만 내 자신이 당신에게 진실한 사랑에 대해 평을 하고

로맨스의 주제나 기사도에 얽힌 이야기를 말하는 것과 같이

어려운 일을 떠맡는다는 것은 — 당신은, 확신컨대, 제가

이 세상에 살아 있는 한 사랑의 기교에 있어

나와 같은 자 백 명보다 더욱 뛰어난 분이시고 또한 앞으로도

영원히 그러할 것입니다 — 맹세코, 나의 존귀한 부인이시여,

참으로 어리석기 짝이 없는 일일 것입니다.

저는 현재나 다가올 그 어느 때에도 영원히 당신에게 당신의

충성스러운 종으로서 온전히 매인 바 되었으니

저의 모든 역량을 다해 성심성의껏 부인이 원하시는 바를

이루어드리기 원합니다.

신의 가호가 저에게!"

이와 같이 그 귀부인은 그녀가 의도한 바가 무엇이었건 간에

가원 경을 곤경에 빠뜨리기 위해 그의 마음을 떠보고

거듭해서 그를 유혹하였다.

하지만 그는 매우 공손하면서도 기교 있게 자기 자신을

방어했기 때문에

그 어떤 무례함도 보이지 않았고 그 어떤 쪽에서도 아무런

악의가 엿보이지 않았으며 단지 즐거움만이 넘쳐흘렀다.

그들 사이에서 웃음이 만발했고 오랫동안 즐거운 시간을 나누었다.

마침내 그녀는 그에게 키스를 하고 정중하게 자리를 비켜 방을 나섰다.

그리고 가원 경은 몸을 재촉하여 잠자리에서 일어나 아침   1558

예배를 준비했다.

그리고 이후에 정찬이 준비되어 성대하게 대접되었다.

가원 경은 온종일 귀부인들과 어울려 여흥을 즐겼다.

하지만 성주는 그 사나운 멧돼지를 추적하면서 쉴 새 없이

시골 들판을 가로질러 말을 몰아 질주해 갔다.

멧돼지는 방어 자세를 취하는 곳에서 최고의 사냥개들의

등판을 물어뜯어 두 동강을 내었고 그런 상황은 궁수들이

멧돼지의 방어 자세를 풀어

강력한 저항에도 불구하고 그 짐승을 탁 트인 곳으로 유인할

때까지 계속되었다.

그리하여 사냥꾼들이 모여들었을 때 화살들이 비 오듯 퍼부어졌다.

그럼에도 멧돼지는 가장 용맹한 사냥꾼이라 할지라도 놀라

뒷걸음치게 만들었다.

그러나 마침내 멧돼지는 너무나 지친 나머지 더는 뛸 수 없게 되었다.

하지만 그것은 마지막 힘을 다해 전속력으로 달려 옆으로 흐르는

바위 시렁에 있는 굴로 몸을 피신했다.

멧돼지는 언덕배기를 향해 몸을 돌리고 땅을 파헤치기 시작했으며,

그놈이 흰 엄니를 날카롭게 갈 때 그 주둥이 언저리에서

무시무시한 거품이 내뿜어졌다.

멧돼지를 포위하고 있던 용맹스러운 사냥꾼들은 거리를 두고

그것에게 공격을 가하여 해를 입히는 것에 지치게 되었지만

그 누구도 위험 때문에 멧돼지에게 가까이 갈 엄두를 내지 못했다.

그놈은 이미 많은 사냥꾼들에게 상처를 입혔으니

이제 모든 사람들이 광폭하고 사나운 그 엄니에 들이받쳐

더 이상 몸이 찢겨지는 것에 진저리 치게 되었다.

마침내 성주는 말을 재촉하여 이곳으로 왔으며   1581

그는 멧돼지가 방어 자세를 취하고 있는 것과 그의 휘하

사냥꾼들이 그 멧돼지를 둘러싸고 있는 것을 목격하게 되었다.

그는 군주다운 기품으로 말에서 내려 말을 떠나보내고

번뜩이는 칼을 빼들고서[5]

그 맹수가 방어 자세를 취하고 있는 곳을 향해

힘차게 성큼성큼 걸어나가

신속히 얕은 개울을 건너고 있었다.

손에 칼을 든 기사를 알아챈 멧돼지는 목과 등의 강모(剛毛)를

곧추세웠고

너무도 거세게 콧바람을 몰아쉬었기 때문에

많은 사람들이 그 짐승과의 격투에서 성주가 패배하지 않을까

하고 염려하게 되었다.

멧돼지는 성주를 향해 곧장 돌진해갔다.

그리하여 사람과 짐승은 개울의 가장 물살이 거센 곳에서 서로

한몸으로 엉켰다.

하지만 패배는 짐승에게 주어졌으니,

성주는 첫 접전에서 멧돼지를 정면으로 잘 겨냥하여 칼의

손잡이까지 들이박힐 정도로

그의 날카로운 칼을 그 짐승의 목구멍 밑의 우묵한 곳에

깊숙이 꽂았던 것이다.

---

5 멧돼지를 사냥할 때에 칼을 사용하는 것은 정말로 영웅적이거나 무모한 일로 간주된다. 멧
돼지를 죽일 때에는 보통 긴 창을 사용해서 멧돼지가 사냥꾼에게 닿기 전에 찌르는 것이다.
몇몇 로망스 소설에서 칼로 멧돼지를 죽이는 장면이 나오기는 하지만, 이것은 언제나 예측
하지 못한 상황하에서만 이루어진다.

그리하여 짐승의 심장이 두 동강으로 쪼개졌으며 으르렁거리는
비명 소리와 함께 굴복하여 급류에 휩쓸려 하류로 떠내려갔다.
이내 백여 마리의 사냥개들이 그놈을 붙잡아 잔혹하게
물어뜯었고 사냥꾼들이 그놈을 기슭으로 끌어올리자
개들이 달려들어 멧돼지의 숨통을 끊어놓았다.

그 맹수의 죽음을 알리는 소리가 수많은 뿔나팔에 의해   1601
요란하게 울려 퍼졌고
사냥꾼들은 목청껏 드높이 환호성을 질렀다.
사냥개들은 그 고되고 힘든 추적을 지휘했던 수석 사냥꾼인
사냥의 명수들의 명령에 따라 짐승을 향해 계속 짖으며 감시를
게을리하지 않고 있었다.
이어서 수렵생활에 능통한 자가 흥에 겨워 그 짐승을 잘라내기 시작하
였다.
먼저 그는 멧돼지의 머리를 잘라낸 후 그것을 말뚝에 매달았고,
그런 다음 대략 등뼈를 따라 몸을 쪼갠 후 내장을 꺼내 발갛게
달아오른 목탄에 구운 후
빵과 함께 섞어 사냥개들에게 그날의 노고로 선사했다.
그런 다음 그는 희고 넓적한 어깻죽지 부위의 등판에서 살을
도려냈으며 내장을 끄집어내었는데,
이 모든 절차가 능숙하고 적절히 행해졌다.
그런 후 두 쪽으로 갈라진 몸통을 원래 모습대로 완전히

꿰매어 견고한 막대기에 단단히 매달았다.

이제 그들은 이 멧돼지와 함께 성으로 급히 향했다.

그 멧돼지의 머리는 그 강대한 손의 힘으로 시내의 급류에서

자기를 죽였던 성주의 앞으로 운반되었다.

성안의 홀에서 가윈 경을 만나기까지의 시간은 그 성주에게

있어 매우 길게 느껴졌다.

성주는 가윈 경을 불렀고 그러자 가윈 경은 그 보수를 받기

위해 그곳으로 즉시 왔다.

성주는 가윈 경을 보았을 때 우렁찬 목소리와 유쾌한 웃음을 터뜨리며
즐겁게 말을 건넸다. 1622

고귀한 부인들이 대령하고 궁궐 내의 모든 사람들이 함께 모였다.

성주는 그곳에 모인 사람들에게 멧돼지의 어깨 등판 부위를

보여주었고 그것의 커다란 몸집과 길이에 대해 설명했으며

멧돼지가 숲 속으로 피신한 뒤 벌어진 격투에서 보여준 그

난폭함에 대해서도 설명했다.

상대편 기사 가윈 경은 아주 정중히 그날의 성주의 행적에

대해 칭찬을 아끼지 않았으며

많은 멧돼지 고기 하며 그렇게 널따란 양쪽 어깨 등판을 가진

멧돼지를 생전에 본 적이 없었기 때문에

그가 사냥에서 발휘한 기량을 대단한 업적으로 치하했다.

사람들이 그 거대한 멧돼지를 집어 들자 정중한 기사 가윈 경은

그 대단한 사냥물을 칭찬했으며

성주의 그러한 업적에 대해 경의를 표하기 위해 그 멧돼지의

머리 모습에 짐짓 두려운 기색을 드러냈다.

성주가 말했다.

"자, 가원 경이여! 그대가 익히 알고 있듯이 우리들 쌍방 간의

완전한 승인하에 반드시 이행되어야 할 협약에 따라

이 사냥감은 이제 그대의 것이요." 이에 가원 경은 답했다.

"맞습니다. 그리고 제가 한 말에 맹세코,

성주님과의 교환 조건에 따라

오늘 제가 획득한 모든 것을 성주님께 드리겠습니다."

가원 경은 성주의 목을 껴안고 정중히 키스했으며 곧이어 같은

방식으로 두번째 키스를 전했다. 가원 경이 말을 이었다.

"이제 오늘 저녁 우리는 제가 이곳에 당도한 이래

적법하게 체결했던 쌍방 간의 맹약에 대한 빚을 서로 공평하게

잘 갚았습니다."

성주는 말했다. "성 자일[6]에 맹세코, 당신은 내가 알고 있는

사람 중에 가장 뛰어난 분이오. 그와 같이 거래를 지속한다면

그대는 이내 곧 부유케 될 것이오."

이어서 가대(架臺) 위에 식탁들이 설치되고 그 위로 식탁보가 펼쳐졌다.   1648

6 성 자일St Giles: 성 자일은 여행자와 사냥꾼의 수호성자로 알려져 있다. 암사슴을 데리고
  숲 속에서 은둔자의 생활을 했다고 전해진다.

그리고 벽면을 따라 밀랍으로 된 횃불에 불이 점화되자
환한 불빛이 퍼져나갔다.
하인들이 연회장 곳곳을 돌며 식탁에 음식을 차렸고
귀부인들에게 음식을 대접하며 시중을 들었다.
화롯불이 타오르는 벽난로 주변으로 사람들의 흥겹게 떠드는
왁자지껄한 소리가 울려 퍼졌으며
식사를 전후하여 반주 없는 짤막한 합창용 성가나 원형 춤에
곁들여지는 최근의 노래와 같은 온갖 종류의 음악이 울려 퍼졌다.
그리고 그곳에는 사람들이 생각할 수 있는 온갖 종류의 멋진
유희들이 행해졌으며,
이러한 중에 우리의 정중한 기사 가윈 경은 그 귀부인의
옆자리를 지키고 있었다.
그 대담한 기사를 즐겁게 하기 위한 그녀의
지극히 공손한 태도 사이로
그녀의 호의 어린 요염한 눈길이 은밀히 엿보였으니 그 기사는
너무도 당황하게 되었고
그는 내심 동요와 함께 언짢은 감정이 일었지만
고귀한 혈통 속에 기품 있게 성장한 그는 그녀의 접근에 대해
노골적으로 거절 의사를 표할 수 없었으며
비록 그의 정중한 행동이 그녀에게 잘못 받아들여진다 할지라도
그는 최상의 예의로써 그녀를 대했다.
그들이 연회장 안에서 마음껏 유흥을 즐겼을 때 성주는 그의
내실(內室)로 가윈 경을 불러들여 벽난로 쪽으로 갔다.

그곳에서 그들은 술을 마시며 환담을 나누었고,

섣달 그믐날 저녁에 그들의 맹약을 다시 한 번 같은 방식으로

수행할 것을 제안했다.

하지만 가윈 경은 그가 떠나야 할 예정된 시간이 가까이

다가왔기 때문에

아침에 떠나는 것을 허락해달라고 간청했다.

이에 성주는 가윈 경의 이러한 결심을 만류했으며 그가 계속

머물기를 설득하며 말했다. "나는 신의 있는 기사이니,

맹세컨대, 가윈 경이여,

그대는 그대가 행하고자 하는 임무를 수행할 수 있도록 새해

첫날 아침나절 아홉 시 훨씬 이전

새벽녘에 녹색 예배당에 당도할 수 있을 것이네.

그런고로 그대는 침실에 누워 쉬도록 하오.

나는 숲 속에서 사냥을 하여 내가 이곳에 돌아왔을 때 그대와

획득물을 바꿈으로써 우리의 계약을 이행하게 될 것이오.

나는 두 번의 시험을 거쳐

그대가 신뢰할 수 있는 사람임을 알 수 있었네.

자, '세번째에 모든 승부가 결정된다'라는 옛 말을

내일 상기하시오.

할 수 있는 한 마음껏 즐기고 우리의 심중에 기쁨만을

품도록 하세.

왜냐하면 인간은 원하는 때에는 언제고 그 심중에 슬픔이

스며들 수 있기 때문일세."

이러한 제안은 쉽게 받아들여졌고 가윈 경은 그곳에 더

체류하게 되었다.

기쁨 속에 술이 그들에게 대령되었고 이윽고 그들은 등불을

들고 각각 침실로 향했다.

가윈 경은 잠자리에 들어 밤새도록 지극히 평온하고 안락한

수면을 취했다.

그날의 사냥에 대한 생각에 몰두해 있는 성주는 일찍 일어나

모든 채비를 갖추었다.

아침 예배를 마친 후 성주와 그의 신하들은 간단한

소식(小食)을 들었다.

아침은 청명했고 성주는 준마를 대령시키도록 하였다.

말을 타고 성주를 따르기로 되어 있던 모든 신하들이

궐문(闕門) 앞에서 각기 자신의 말 위에 올라 떠날 채비를

갖추고 대기하고 있었다.

서리가 들러붙은 대지는 더없이 아름다웠고, 불덩이 같은

태양이 떠도는 구름 사이로 붉은빛을 발하며 솟아오르자

눈부신 햇살이 옅은 구름 사이로 퍼져나가 온 하늘을 빛나게 수놓았다.

사냥꾼들은 숲 언저리로 사냥개들을 풀어놓았고 숲 속의

암벽들이 그들의 뿔 나팔 소리를 되울렸다.

몇몇 사냥개들이 여우[7]가 은밀히 숨어 있는 곳을 냄새로 추적해나갔다.

여우가 피신 중에 갑자기 방향을 바꿔 뒤로 돌아서는 교란술을

쓰는 것을 알아차린 그 사냥개들은

교묘한 추적술을 발휘하여 종종 좌우 양편을 샅샅이 뒤지면서

그 추적을 계속해나갔다.

조그만 사냥개 한 놈이 여우의 냄새를 맡고 짖어대자,

사냥꾼들이 다른 사냥개들을 불러 모아 그 개와 합류토록 했다.

그러자 사냥에 참가한 다른 사냥개들이 그와 합류했으며 몹시

숨을 헐떡이며 떼를 지어 도망친 여우의 자국을 쫓아 앞으로 나아갔다.

그러자 그 여우가 그들 앞에서 황급히 도망쳤다.

사냥개들이 그 여우를 눈앞에서 발견했을 때 그들은 더욱

맹렬히 여우를 추적해가며

분노에 차 요란한 소리로 짖어댔다.

여우는 수많은 덤불이 우거진 숲을 통하여 교묘히 몸을

피신하여 종종 방향을 바꿔 뒤로 도주하기도 했고 자주 관목

울타리 아래 몸을 숨겨 귀를 기울였다.

마침내 여우는 조그마한 도랑 옆에 있는 생울타리를 뛰어넘었으며

자신의 술책으로 숲 속을 빠져나와 사냥개의 추적을

따돌렸다고 생각하며

수풀이 우거진 저습지의 가장자리로 아주 은밀히 숨어들었다.

그러나 여우는 미처 알아채기도 전에 적재적소에 위치해 있는

사냥개의 주둔지로 들어서게 됐고,

---

7 여우는 가장 교활한 사냥물에 속한다. 보통 해로운 짐승으로 여겨져서 직접 나서서 잡기보
다는 덫을 놓아 잡았다. 여기에서는 사냥꾼의 시각보다는 동물의 관점에서 상황을 묘사하기
위해 일부러 여우사냥을 선택한 것으로 여겨진다.

그러자 그곳에서 세 마리의 광폭한 사냥개가 일시에 그에게
와락 달려들었다.
여우는 놀라서 잽싸게 뒤로 물러섰으며 새로운 방향으로
전력을 다해 황급히 튀어나가서 절망에 빠진 절박한 심정으로
숲 속으로 도주해 갔다.

사냥개 떼들이 한 무리를 지어 그 여우를 발견하고 접근했을 때 그들이
짖어대는 요란한 소리를 듣는 것은 참으로 즐거운 일이었다.   1719
　눈으로 직접 여우를 발견한 그 사냥개들은 마치 치솟은 바위
절벽이 한꺼번에 덩어리를 이루어 우르르 무너져내릴 때와
같이 사냥물의 머리 위로 저주 섞인 울부짖음을 퍼부어댔다.
사냥꾼들이 목표물을 발견했을 때 그들은 요란한 욕지거리를
퍼부으며 그 여우를 반기고 환호했다.
그들은 여우에게 욕설을 퍼붓고 연거푸 도둑놈이라고 외쳤으며,
사냥개들이 여우의 뒤를 바짝 따르고 있었기 때문에 그는 감히
쉴 엄두를 내지 못했다.
여우는 트인 곳을 향해 도주할 때까지 계속해서 공격을 받아
저지당하기도 했으며 종종 방향을 바꾸어 뒤쪽으로
되돌아오기도 했으니,
레이나드[8]처럼 그 술책이 간교하기 짝이 없었다.

---

8 레이나드: 프랑스 우화에 등장한 여우의 이름.

그리하여 이와 같은 방식으로 여우는 성주와 그 성주의
부하들로 하여금 자신의 뒤를 바짝 쫓게 만들어
이 언덕 저 언덕으로 오후 중엽까지 아침 한나절 무렵까지
이리저리 뛰어다니며 분주하게 만들었다.
한편 고귀한 기사 가윈 경은 찬 기운이 감도는 아침에 자신의
거처에 있는 화려한 침대 커튼으로 둘러싸인 침대에서 몸에
좋은 숙면을 취하고 있었다.
하지만 성주부인은 사랑의 구애에 대한 열징으로 인하어 잠을
이루지 못했고
자신의 마음에 깊이 자리 잡고 있는 그녀의 뜻하는 바 또한
전혀 시들지 않았다.
그녀는 신속히 자리에서 일어나 잘 다듬어진 모피로 화려하게
안감이 대어진 바닥에 끌리는 화사한 겉옷을 걸치고 가윈 경의
침실로 향했다.
그녀는 평상시에 쓰는 모자가 아닌 스무 개가량의
보석을 군데군데 무리를 지어 붙인 모자 대용의
머리 덮개를 쓰고 갔다.
그녀의 아름다운 얼굴과 목은 온전히 드러나 있었고
그 가슴 부위와 등 또한 노출되어 있었다.
그녀는 가윈 경의 침실 문 안으로 들어와 그 뒤로 문을 닫고
여닫이창을 활짝 연 후
이내 유쾌한 어투로 그에게 농담 삼아 조롱투의 말을 건네기 시작했다.
"원, 세상에, 기사님! 아침이 이렇게 청명한데 어떻게 그렇게
잠을 잘 수 있단 말인가요?"

그는 고뇌에 싸인 채 수면에 빠져 있었지만 그 성주 부인의
목소리를 들을 수 있었다.

비몽사몽간의 깊은 고뇌 속을 헤매던 그 고귀한 기사는,   1750
가슴을 짓누르는 수많은 사념(思念)들로 고초를 겪는 사람처럼
그가 녹색 예배당에서 녹색기사를 만나게 되어 아무런 저항
없이 그가 내리친 일격을 받아내어야 하는 그날에, 운명의
신이 어떻게 그의 운명을 끌고 갈 것인가에 대해 중얼거리고 있었다.
그러나 그 아름다운 부인이 들어왔을 때 그는 비몽사몽
상태에서 황급히 깨어나 의식을 되찾고 그녀에게 속히 답했다.
그 아름다운 부인은 달콤한 웃음을 머금고 그에게 다가와 그의
잘생긴 얼굴 위로 몸을 낮게 구부려 그에게 우아하게 입맞춤했다.
그는 최상의 태도로써 그녀를 공손히 맞이했다.
그가 그녀를 보았을 때 화사한 의상을 두른 그녀의 자태는
빛나도록 아름다웠고,
지극히 아름다운 피부색과 함께 그녀의 몸의 모든 부분은
흠없이 완벽한 조화를 이루고 있었다.
야릇한 기쁨이 그의 가슴에서 뜨겁게 솟아올랐다.
온화하고 공손한 미소를 머금고 그들은 이내 유쾌한 대화
속으로 빠져들었으니
그들 사이에는 오로지 행복과 기쁨과 환희만이 오고 갔다.
그들은 정중한 대화를 나누었고 그 속에서 많은 기쁨을 얻었다.

성모 마리아께서 그 기사를 돌보지 않았더라면 그들 사이에

커다란 위험이 놓였을 것이다. 왜냐하면 그 귀부인이

가윈 경으로 하여금 거의 그의 한계에 다다르기까지 집요하게

몰아붙였기 때문에

가윈 경은 거기서 그녀의 사랑을 받아들이거나 아니면

무례하게 그녀의 구애를 거절해야만 할 처지에 놓이게 되었기 때문이

었다.

그는 자신이 버릇없는 자처럼 처신하지 않도록 기사도의

예의범절을 깊이 유념했으며

더욱이 그가 처하게 될 비참한 상황에 대해 생각하게 되었으니

만일 그가 죄를 범한다면 그는 그 성을 소유하고 있는

성주에게 배은망덕한 자가 되는 것이었다.

"하느님, 그러한 일이 절대 일어나지 않도록 도와주시옵소서!"

약간의 다정다감한 웃음을 머금고 그는 그녀의 입에서

흘러나온 유혹이 깃든 애정 어린 말들을 받아넘겼다.

성주 부인이 가윈 경에게 말했다.

"이 세상 그 누구보다도 심한 마음의 상처를 입고 이렇게

당신 가까이 있는 이 여인을 사랑하지 않는다면

당신은 비난받아 마땅합니다.

만일 당신에게 더욱 큰 기쁨이 되고 더욱 사랑스러운 연인 ——

그대가 그 귀부인에게 서약을 하고 그 약조가 너무도 굳건하여

당신이 그 서약을 파기하고 싶지 않을 정도로 사랑스러운

그러한 애인이 없다면 말이지요.

이제 나는 당신에게 그러한 여인이 있다고 생각할 수밖에 없습니다.

이제 저에게 진실을 말해주시기 바랍니다.
하느님과 모든 성자들의 사랑을 걸고 교묘하게 진실을 숨기려
하지 마십시오."
이에 가원 경은 말했다.
"성(聖) 요한[9]에 맹세코 진실을 말하건대, 나에게는 그 어떤
여인도 없으며 현재 그 어떤 여인도 마음에 두고 싶지 않습니다."

그 성주 부인은 말했다.   1792
"그 말이야말로 당신이 할 수 있는 가장 심한 말입니다.
저는 진실한 답을 들었습니다. 하지만 그 답에 제 가슴이
에이는군요.
자, 키스해주세요. 저는 이제 떠나겠습니다. 저는 사랑에
번민하는 여인과 같이 오로지 슬픔 속에 나의 일생을
보내게 될 것입니다."
그녀는 한숨을 지으며 몸을 구부려 그에게 정중하게 키스를
하고 그의 몸에서 떨어져 선 채로 다음과 같이 말했다.
"자, 나의 사랑스러운 기사여, 이 이별의 순간에 나에게 위안을
줄 수 있는 당신의 선물을 허락해주시지요.
당신의 장갑 정도면 족하겠으니, 그것으로 저는 당신을 늘
떠올리며 저의 슬픔을 달랠 수 있을 것입니다."

---

9 성 요한: 몸의 정결함이 동정녀 마리아에 버금가는 사도이다.

이에 가원은 다음과 같이 답했다.

"진실로, 지금 나에게 그대를 위해 이 세상에서 가장 소중한 것을 지니고 있다면 얼마나 좋겠습니까.

그대는 내가 줄 수 있는 어떤 선물보다 더 큰 가치를 지니고 있습니다.

하지만, 사랑의 증표로 무언가를 그대에게 남기는 것은 아무 가치가 없다고 생각합니다.

이런 경우에 가원의 선물로서 장갑을 기념품으로 간직한다는 것은 그리 합당치 못하다고 생각합니다.

또한 나는 지금 미지의 땅에 용무 차 발을 들여놓았기에,

하인도 데려오지 못했고 선물이 든 가방도 챙겨오지 못했습니다.

부인이시여, 당신을 위해서 그렇게 하지 못한 것을 지금 후회하고 있습니다.

하지만 모든 사람은 주어진 상황에 따라 행해야 한다고 생각합니다.

그러니 행여나 이 일로 마음이 상하는 일이 없었으면 합니다."

그러자 그 아름다운 여인이 말을 이었다.

"아닙니다, 절대 그렇지 않아요. 고귀하신 기사님,

비록 제가 당신으로부터 아무것을 얻지 못하더라도

제가 당신에게 주는 것은 거절하지 마시길 바라옵니다."

그러면서 그녀는 붉은빛을 띠는 금으로 만들어진 화려한
반지를 그에게 주었는데,

반지의 가운데에 박혀 있는 반짝이는 알맹이가 그의 눈앞에서

눈부신 태양처럼 밝은 빛을 발했다.

그것은 분명 최고의 가치를 지니고 있는 보물이라는 것을

누구라도 확신할 수 있을 바였다.

그러나 그는 그것을 받아들일 수 없음을 신속히 말했다.

"아름다운 부인이시여, 맹세하건대, 저는 지금 그 어떤 선물도 받을 수
없습니다.

저는 부인께 아무것도 드릴 것이 없사오며, 또한

부인으로부터 그 어떤 것도 취하지 않을 것입니다."

그녀는 매우 끈질기게 간청했지만 그는 곧장 그의 명예를

걸고 그것을 받지 않을 것임을 맹세하며 그녀의 제안을 거절했다.

그러자 여인은 그런 그의 거절에 슬픔을 드러내며 말을 이었다.

"만일 그대가 반지를 거절한 이유가 그것이 너무 값이 나가기 때문이거나,

또는 제가 당신을 너무도 극진히 생각하는 것을 원치 않아서라면,

저는 대신 당신에게 저의 띠를 드리겠습니다.

그것은 당신에게

그다지 중요한 가치를 지니지 않을 것입니다."

그러면서 그녀는 신속히 허리 주변에 둘린, 빛을 발하는 망토 아래의
겉옷을 고정하고 있는 허리띠를 붙들어 풀었다.

그것은 녹색 비단 천으로 만들어져 금으로 장식되었으며,

그 가장자리에는 수가 놓였으며 늘어뜨린 장식이 매달려 있었다.

그녀는 이것을 가원에게 내밀며 환한 미소와 함께 그것이

비록 별 가치가 없는 것이기는 하나 그것을 받아주기를 바라는
간청을 했다.
기사는 하느님의 가호 아래 자기에게 주어진 임무를 끝내기
전에는 어떤 일이 있어도 그 어떤 금은보화 혹은 선물에도
손대지 않으리라 그녀에게 말했다.
"그러니, 제가 간청하옵건대, 부디 노여워하지 마시고
제게 더 이상 선물을 강요하지 말아주십시오.
왜냐하면 저는 결코 부인의 제안을 받아들이지 않을 것이기 때문입니다.
저는 부인이 베푸신 호의에 크게 빚진 몸이며 영원히
당신의 충실한 종이 되어 온갖 역경을 무릅쓰고 당신을
섬기도록 매인 바가 되었기 때문입니다."

그러자 그 부인이 말했다.   1846
"당신은 이 비단 조각이 그 자체로
그다지 큰 가치가 없기에 지금 이것을 받기를 거절하신단 말입니까?
그것은 보기에는 참으로 그러해 보입니다.
보십시오.
그것은 너무나 작고 실로 별 값어치가 없어 보입니다.
하지만 누구든 이것과 관련된 힘을 아는 자는 아마 이것에
더욱 큰 가치를 두게 될 것입니다.
이유인즉, 누구든 이 녹색 허리띠를 걸치고 있는 자는,
그것이 그의 몸 주위를 아주 밀착하여 감싸고 있는 동안

지상의 그 어떤 자도 그를 베어낼 수 없기 때문입니다.
즉, 무엇이 되었건 간에 그 어떤 술책도 그를 죽일 수 없다는
말입니다."
그러자 그 기사는 생각에 잠기었으니, 이것이 아마도 그에게
주어진 위험천만한 모험에 대해 하느님이 보내주신 도움의
손길이거니 생각하게 되었다:
만일 그가 자신이 마주쳐야 할 운명을 위해 그 성으로 간다면
그는 그 허리띠를 통해 어찌하여서든 간에 죽음을 당하는 것을
모면할 수 있을 터이니 이거야말로 더없이 훌륭한 방책이 될 것이었다.
가윈은 부인의 끈질긴 강요를 견뎌내며 그녀가
계속해서 말을 하도록 내버려두었다.
마침내 그녀는 가윈에게 받기를 강요하며 그 띠를 가윈에게 바쳤다.
그러자 그는 선의로써 더 이상 거부하기를 포기하며 그녀의 제안을 받
아들였다.
그러자 그녀는 그녀 자신을 위해 그에게 당부하길, 그것을
절대 밖으로 내보이지 말 것이며,
또한 남편의 눈으로부터도 그것을 멀리할 것을 간절히 타일렀다.
이에 그 기사는 그들 둘 외에는 어떤 일이 있어도 아무도 그것을 알게
되지 않을 것임을 확고히 맹세했다.
그는 즉시 거듭 반복하여 마음과 영혼을 담아 가장 진실하게
그녀에게 감사를 표했다.
그곳에서 그녀는 그 담대한 기사에게
세번째 키스를 건넸다.

그리고 그녀는 그를 그곳에 남겨두고 자리를 떠났으니 이는 그녀가 그
기사와는 더 이상 아무런 즐거움도 얻을 수 없었기 때문이었다. 1870
　그녀가 떠난 후 가윈 경은 몸을 일으켜 화려한 의복으로써
신속히 복장을 갖추었고,
성주 부인이 준 사랑의 띠를 나중에
찾을 수 있을 만한 곳에 조심스럽게 숨겨두었다.
그런 후 그는 무엇보다 먼저 예배당으로 향해 그곳의
사제에게로 가 그가 자신의 고해성사를 들어주고 또한 자신이
죽음을 맞이할 때 어찌하여야 그의 영혼이 구원받을 수 있을지에 대해
말해주기를 간청하였다.
그 후 그는 모든 것을 고백하며 자신의 크고 작은 모든 죄들을
낱낱이 내려놓으며 사제가 그 모든 죄를 사해주기를 간구하였다.
그리하여 그 사제는 마치 그 다음 날이 그리스도의 마지막
심판의 날이기나 한 듯 기사의 죄를 면제하여 그의 죄를 아주
깨끗이 씻어주었다.
그 후에 그 기사는 즐거운 유흥과 온갖 종류의 기쁨에 싸여
지극한 행복 속에 밤이 될 때까지 고귀한 부인들과 마음껏
즐거운 시간을 보냈으니, 이야말로 그가 다른 어떤 날에
가졌던 유쾌함보다 더한 것이었다.
그곳에 있던 모든 이들이 그와 함께 어울려
즐거워하며 말하기를, "실로 그 기사가 이곳에 온 이래로
이렇듯 활기에 넘쳐 보인 적이 없었소이다"라고 했다.

이제 그곳의 기사에게 평온이 함께하도록 내버려두고— 1893
사랑이 그의 앞날에 임하길!

성주는 여전히 사냥물을 추적하고 있는 그들을 지휘하고 있었다.

그는 오랫동안 추적해온 여우를 잡아 목을 베게 되었다.

그가 맹렬히 추격하는 사냥개들의 격렬한 짖어댐을 들으며

그 불한당 같은 여우의 행적을 포착하기 위해 산울타리를 뛰어넘었을 때,

레이나드는 덤불로 뒤엉킨 수풀 사이로 황급히 도주로를 만들었고

여우를 잡기에 혈안이 되어 있던 모든 개들은 그의 발꿈치

뒤를 바로 추격하고 있었다.

그 짐승을 발견하자 성주는 숨을 죽이고 조심스레 기다렸다가 칼을 빼어들고 내려쳤다.

그러자 그 여우는 날카로운 칼을 피했고 뒷걸음치려 했다.

그러나 사냥개 한 마리가 뒷걸음치려는 여우에게 달려들었고 이에 말의 발치에 있던 사냥개들이 사납게 으르렁거리며 달려들면서 그 간교한 짐승을 위협했다.

곧 성주가 말에서 내려 여우를 재빨리 사냥개들의 입에서

낚아채서 자신의 머리 위로 들어올리며 큰 소리로 외치자,

많은 사나운 사냥개들이 여우를 향해 맹렬히 짖어댔다.

사냥꾼들은 항상 그러하듯 재집결을 알리는 수많은 나팔을 끊임없이 불어대며 성주가 있는 곳까지 서둘러 나아갔다.

성주의 고귀한 무리들이 모두 모이자,

뿔 나팔을 든 자들은 일제히 나팔을 불어댔으며

나팔이 없는 자들은 환호로써 기쁨을 표시했다.

실로 들어본 가운데 가장 기쁨에 넘치는 외침 소리였고

죽은 레이나드의 영혼을 위해 울려퍼지는

영광스러운 외침과 아우성이었다.

사냥꾼들은 사냥개들의 머리를 상냥하게 어루만지고 두드리며 그들의
노고에 보답했고

마침내 레이나드를 취하여 껍질을 벗겨내었다.

밤이 가까워졌기 때문에, 그들은 그들의 견고한 나팔을 우렁차게 불어
대면서 성으로 발걸음을 향했다.

성주는 드디어 그의 아늑한 집에 도착했고 난롯가에서 그를 기다리고
있는 훌륭한 기사 가윈 경을 발견했다.

기사는 귀부인들과의 친교를 통해 지극히 즐거운 시간을 갖게 되었고
매우 만족하고 있었다.

그는 바닥까지 닿는 푸른빛의 화려한 실크 가운을 입고,

부드러운 모피로 된 겉옷을 둘렀는데 그 옷은 그에게 잘 어울렸다.

어깨에는 같은 소재의 두건이 달려 있었는데, 담비 털로 보기 좋게 장
식되어 있었다.

가윈은 홀 한가운데로 나와 반갑게 성주를 맞이하면서

정중하게 말했다.

1922

"성주님, 우리가 자유롭게 술을 나누면서 원만하게 동의했던 그 약속을 이번에는 제가 먼저 이행하도록 하겠습니다."

그러면서 성주를 가볍게 안고 최대한 멋스럽고 열정적인

키스를 세 번 건넸다.

이에 성주가 말했다.

"진심으로 말하건대, 그대가 멋진 거래를 성사시켜서 이 좋은

물건을 얻는다면, 그대는 행운아요."

가원이 재빨리 대답했다,

"그 대가에 관해서는 걱정 마십시오. 제가 얻은 것에 대해서 공개적으로 모두 다 지불했으니까요."

"참 어이없게도!" 성주가 말했다, "나의 선물은 훨씬 빈약하오.

하루 종일 사냥을 하고 얻은 것이라곤 이 하잘것없는 여우가죽밖에 없구료. ─ 빌어먹을 악마나 가져가버렸으면!

이것은 그대가 나에게 따뜻하게 베풀어준 세 번의 귀중한 키스에 대한 보답으로는 너무 보잘것없는 것 같소."

가원이 답했다.

"십자가에 맹세코 그것으로 충분합니다!

성주님께 진심으로 감사드립니다."

그들은 그곳에 서 있었으며

성주는 가원에게 그가 어떻게 그 여우를 사냥했는지 들려주었다.

성주와 가원은 시와 흥겨움, 최상의 음식, 귀부인들의 웃음소리, 농담

섞인 말들에 둘러싸여 최고의 행복한 상태에서 가장 흥겨운 시간을 보내고 있었다.

그들 모두는 술기운에 취하거나 정신이 나간 혼미한 상태에서 느끼는 그러한 행복이 아닌 진정한 행복을 맛보고 있었다.

성주와 성안의 모든 사람들은 실로 많은 농담을 나누었고

마침내 헤어져야 할 시간이 되었다.

마침내 그들이 각자의 침실로 돌아가야 할 시간이 도래한 것이었다.

먼저 고귀한 기사가 자리를 뜨면서 정중하게 성주에게 감사의 말을 표했다.

"제가 이곳에서 잘 머물게 된 것과

이번 축제 기간에 베풀어주신 호의에 대해

하느님의 보답이 함께하시기를 기원합니다!

그대가 괜찮다면, 당신 신하 중의 한 사람 몫을 대신 할 수 있는 저의 봉사를 바치고 싶습니다.[10]

이제, 아시다시피, 저는 내일이면 저는 제 길을 떠나야 합니다.

성주님께서 약속했듯이, 새해 첫날에 예비 된 저의 운명을 맞이하게 될 녹색 예배당으로 향하는 길을 안내해줄 자를 배정해주신다면 말입니다.

— 저의 봉사를 바치고 싶습니다.

"진실로, 내 쪽에서 한 모든 약속은 선의(善意)와 함께 신속히 이행될 것이오."

성주는 이렇게 말하고, 가윈에게 언덕을 넘어 가장 빠른 길로 숲과 관목을 지나 지체 없이 당도할 수 있도록 길을 안내할 수 있는 하인을 배정

---

10 가윈은 성주가 일전에 자신에게 한 약속 — 자신의 신하 중 한 명을 녹색 예배당을 찾아가는데 안내원으로 배치하겠다는 약속을 정중하게 상기시키고 있는 것이다.

해주었다.

가원은 그러한 성주의 배려에 감사했으며,

그곳에 모여 있던 귀부인들에게 작별의 인사를 고하고 자리에서 일어났다.

그들에게 이별을 아쉬워하며, 키스를 하고 마음에서 우러나오는 감사의
뜻을 전하자   1979

그들 역시 같은 방식으로 예의를 갖춰 가원의 작별인사에 신속히 응했다.

그들은 슬픔에 잠긴 한숨을 내쉬면서 그에게 하느님의

가호가 함께하기를 기도했다.

가원은 성주의 성을 정중히 떠나면서

한 사람 한 사람마다 접하면서

자기에게 베풀어준 봉사와 친절, 아낌없는 수고뿐만 아니라

자기를 위해서 여러모로 신경을 써준 것에 대해 깊은 감사를 표했다.

그러자 모든 사람들은 마치 그 고귀한 기사가 항상 그들과 함께 명예롭
게 살았던 것처럼 그와의 작별을 아쉬워했다.

이윽고 가원은 등불을 든 하인의 시중을 받으며 침실로

안내되었으며, 흡족한 상태로 침대에서 휴식을 취했다.

그가 곤히 잠을 청했을지는 나는 감히 말할 수 없으니,

다음 날 직면하게 될 일에 대해 무수한 사념들이 그의 머릿속을 어지럽
혔기 때문이었다 — 만약 고심했다면 말이다,

그가 찾아온 것에 이제 거의 이르렀으니

그가 방해받지 않고 그곳에 계속 누워 있도록 놔둡시다.

조금만 더 조용히 계신다면

일어난 일에 대해서 말씀드리도록 하겠습니다.

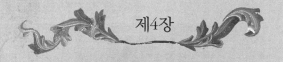

제4장

밤이 지나 새해가 가까이 다가오자 1998

신의 섭리에 따라 새벽이 어둠을 몰아내었다.

그러나 세상 저편에서 거친 겨울 폭풍우가 발동하여

구름이 대지에까지 찬 기운을 극심하게 몰아서

사나운 북풍과 함께 허술하게 옷을 걸친 자들을 괴롭혔다.

진눈깨비가 날카롭게 몰아쳐서 들짐승들이 꽁꽁 얼어붙었으며

씽씽 부는 바람이 하늘 높이에서부터 확 불어쳐서

표류물을 계곡 사이사이에 한가득 쌓아놓았다.

가윈은 잠자리에 들어서도 그러한 자연의 움직임을 잘 들을 수 있었으니,

그의 눈이 감겨 있어도 거의 잠을 이루지 못했기 때문이었다.

매번 울리는 수탉 소리를 듣자,

가윈은 자신의 정해진 날이 다가왔음을 잘 알 수 있었다.

램프의 빛이 그의 방 안을 밝혀주고 있었기에

동이 트기 전에 미리 일어났다.

그가 자신을 시중드는 하인을 호출하니,

그 하인이 즉각 대령했다.

가원이 그에게 쇠사슬 갑옷을 가져오고 자신의 말에 안장을 얹도록 명하자,

하인은 일어나서 그의 의복과 갑옷을 가져와

훌륭한 모습으로 그를 치장했다.

하인은 우선 추위를 막을 수 있는 옷을 입히고,

그런 다음 조심스레 보관했던 다른 무구들―

잘 닦아 밝게 빛을 발하는 몸통 갑옷과 판금갑옷,

녹을 깨끗하게 닦아 화려한 빛을 발하는 쇠미늘 갑옷의 고리들―로 치장했다.

이러한 모든 것들이 처음과 같이 깨끗한 상태로 있었기에, 그는 기쁜 마음으로 감사했다.

가원은 잘 닦인 그 훌륭한 갑옷들을

하나하나 걸쳐 입었다:

온 세상에서 가장 훌륭한 용모를 지닌 그 기사는

하인에게 말을 가져오라고 명했다.

그런 다음 가장 고귀한 외투를 몸에 걸쳤다:

벨벳 위로는 문장 장식을 한 배지가 화려하게 수놓여 있었고,

벨벳의 가장자리는 고귀한 보석으로 둘리어 있었으며,

솔기는 수놓아서 장식했으며,

그 겉옷의 안감은 고귀한 모피로 둘리어 있었다.

이런 와중에도 그는 여인의 선물인 녹색 띠를 빼놓지 않았는데,

그것은 오로지 그 자신을 위해서였다.

그의 날씬한 허리에 검을 차고 난 후에,

그 기사는 사랑의 증표,

그 준수한 용모에 너무도 잘 어울리는 녹색의 비단 띠를

허리 주위에 재빨리 맵시 있게 두 번 휘감았다.

그런 다음 그는

외투의 고귀한 진홍색 천을 바라보았다.

하지만 그것을 걸친 것은 그 화려함 때문도 아니요,

잘 닦여 윤이 나는 매달린 장식을 자랑하려 함도 아니요,

끝에서 반짝거리는 빛나는 금장식 때문도 아니었으니,

단지 장검이나 단검으로도 방어하거나 저항할 수 없는,

죽음에 직면할 수밖에 없는 상황에서

자신을 보호하고자 함이었다.

이 용감한 자가 완전히 장비를 다 갖추고

곧 밖으로 나서게 되었을 때,

그는 몇 번이고 그 성안의 고귀한 자들에게 진심으로 감사를 표했다.

몸집이 아주 큰 말인 그링고렛이 준비되었는데,   2047

그는 마구간에서 아늑하고 안전하게 잘 돌보아지고 있었다.

그 의기양양한 말은 최상의 상태에서 한바탕의 질주를 갈망하고 있었
다.

가윈이 말에게 가서 그의 털을 살펴보면서,

명예를 걸고 맹세하며 혼잣말을 조용히 담아냈다.

"이 성안에는 명예로움을 상기시키는 한 무리가 있으니

그들을 이끄는 자에게 기쁨이 있으라!

그 소중한 여인에게는, 사랑이 그녀의 일생과 함께하기를!

자비롭게 손님을 환대하고 친절을 베풀 때마다,

하늘을 다스리시는 하느님께서

그들을 보답하시고,

또한 너희 모두에게도 보답하시기를!

그리고 만일 내가 이 땅 위에서 좀더 살게 된다면,

할 수 있는 보답을 마음껏 너희에게 베풀겠노라."

그러고 나서 그는 등자쇠를 밟고 말에 뛰어 올라탔다.

그의 하인이 그에게 방패를 건네주자

그는 그것을 어깨에 걸치면서

말 그링고렛에게 금빛 나는 박차를 가했다.

그러자 그 말은 더 이상 날뛰지 않고

돌이 깔린 길을 향해 돌진해 갔다.

그의 작살과 창을 든

안내자가 이미 말에 올라 있었다.

"그리스도의 은총이 이 성과 함께하기를"

이 말과 함께

가원은 행운이 언제나 그 성에 함께하길 빌었다.

도개교가 내려지고

빗장이 풀려 큰 문이 양쪽으로 열렸다.

가윈은 재빨리 성호를 긋고 다리의 나무판을 건넜다.

기사는 자신 앞에 무릎 꿇은 안내원을 칭찬하며 나갔는데

그는 가윈에게 오늘 하루가 즐거운 날이 되기를 바라며

신께서 가윈 경을 안전하게 지켜주십사 기원했다.

그리고 가윈은 그와 함께 단둘이 갈 길을 떠났으니

그 안내자는 가윈이 그 가혹한 공격을 맞이할

그 위험한 곳으로 그를 안내할 것이었다.

그들은 헐벗은 가지들이 우거진 작은 산을 관통하며 나아갔고,

추위가 엄습하는 절벽을 올랐다.

구름이 하늘 높이 떠 있었지만, 그 밑으로는 음산한 빛이 감돌았다.

자욱이 황야를 적시고 있던 안개가 산 속으로 녹아 들어갔다.

모든 언덕은 모자를 쓴 형상이었는데 흡사 거대한 안개의 망토를 두르고 있는 것 같았다.

산허리를 휘감고 흐르는 시내는 거품을 일으키며

말을 모는 사람들이 내려가는 강둑에 부딪혀

하얗게 부서졌다.

그맘때쯤에는 곧 해가 뜰 것이었지만,

그들은 숲 속을 통해 종잡을 수 없이 길게

뻗은 길을, 해가 솟아오를 때까지 계속해서 가야만 했다.

그들이 흰 눈이 주위에 깔려 있는 드높은 언덕에 이르자,

옆에서 말을 타고 가던 하인이

그에게 잠시 멈추기를 요청했다.

"기사님, 제가 당신을 이곳으로 모셔왔고,　　　　　　　　　　2091

이제 기사님이 그토록 간절히 물어 찾아왔던

그 유명한 장소에서 그리 멀지 않은 곳에 다다랐습니다.

그러나 제가 기사님을 잘 알고,

모든 사람 중 너무나 사랑하는 분이기 때문에

진실로 기사님께 말씀드리건대,

제 충고를 따라 행하시는 것이 기사님께 훨씬 좋을 것입니다.

기사님께서 그토록 걸음을 재촉하시는 그곳은 위험천만한 곳으로 알려져 있습니다.

그 황무지에는 세상에서 가장 악한 남자가 살고 있으니,

그는 힘이 매우 세고 흉포하며, 공격하기를 좋아하고

지상의 어떤 사람보다도 몸집이 크다고 합니다.

또한 그의 힘으로 말할 것 같으면, 아서왕의 뛰어난 네 명의 기사를 합친 것이나 영웅 헥터[1] 또는 지상의 그 누구보다도 세다고 합니다.

녹색 예배당을 지나는 자는 누구든지

무장을 갖추고 아무리 자신의 무용을 과시한다 할지라도

그의 손의 공격에 단번에 목숨을 잃게 됩니다.

그는 무자비한 자이며 일체의 자비를 보이지 않기 때문입니다.

예배당 앞을 지나가는 사람이 농부이건 성직자이건

---

1 헥터Hector는 트로이의 장수로서 전쟁 당시 최고 영웅이었지만 아킬레스와의 결투로 목숨을 잃게 된다.

수도사이건 사제이건, 그 어느 누구이건 간에

그들을 죽이는 일이 그자에게는 자신의 생을 즐기는 것과 같기 때문입

니다.

그러니 분명히 말씀드리건대,

기사님이 말안장에 몸을 얹고 그곳에 들어간다면,

확신하건대, 던져버릴 목숨이 스무 개가 있다 한들,

그자가 마음만 먹는다면, 결코 살아서 돌아오지 못할 것입니다.

그는 아주 오래전부터 이곳에 살면서,

수많은 살상과 고통을 야기시켜왔습니다.

그의 무시무시한 일격에 맞서

절대로 당신을 방어할 수 없습니다.

그러니 훌륭하신 가윈 경님,   2118

제발 그를 혼자 있게 내버려두시고 다른 길을 택해 떠나십시오.

그리스도의 가호가 함께할 수 있는 다른 곳으로 말입니다.

저는 황급히 집으로 돌아가겠습니다.

하느님과 모든 성자께 맹세코,

하느님과 성물들이 저를 돕기를!

그리고 다른 많은 맹세를 걸고 약조하건대

당신의 비밀을 충실히 지키겠으며,

제가 알고 있는 어떤 자로부터 당신이 도망쳤다는 사실에 대하여 한마

디도 발설치 않을 것을 맹세합니다."

"정말 고맙네!" 가원은 언짢은 듯이 말을 이었다.

"나의 안락을 기원하는 그대에게 행운이 함께하기를,

그대가 나의 비밀을 충실하게 지킬 것이란 데 대해 의심의 여지가 없네.

하지만 자네가 아무리 충직하게 비밀을 지킨다 해도,

만약 내가 자네의 충고대로 이곳을 지나,

두려운 나머지 그를 피해 다른 곳으로 도망간다면

나는 한낱 비겁한 기사에 불과할 것이고, 이는 절대로

용서받지 못할 일일세.

그곳에서 어떠한 일이 발생할지라도

나는 그 예배당으로 가겠네.

그 결과가 불행이든 행운이든 운명이 주관하게 되겠지만

그자에게 내가 원하는 대화를 시도하겠네.

그자가 몽둥이를 들고 내리칠 기세를 한 무시무시한 형상을 지녔다 할

지라도

하느님께서는 당신을 믿고 따르는 종을

보호하실걸세."

하인이 말했다.   2140

"참, 어이없게도! 이제는 화를 스스로 자초하고 싶다는 것과 목숨을 잃

은 것이 아무렇지도 않다는 것을 거리낌 없이 말할 지경에 이르셨군요.

저도 더 이상은 막지 않겠습니다.

머리에 투구를 쓰고 손에 창을 드십시오.

그리고 여기 바위 옆으로 난 좁은 비탈길을 따라 이 황량한 계곡의 바닥에 이르기까지 내려가십시오.

그곳에서 빈 공터를 가로질러 약간 왼쪽으로 눈을 돌리면

계곡 바닥에 서 있는 바로 그 예배당과 그곳을 지키는 거대한 몸집의 사나이를 발견하게 될 것입니다.

고귀하신 가원 경이여, 주님의 이름으로 간구하오니,

잘 가시기를!

이 세상의 모든 금을 다 준다 해도 저는 당신과 함께

가지 않을 것이며,

이 숲을 통해 단 한 발짝도 당신과 함께하지 않겠습니다."

그러자 그는 그곳에 기사를 홀로 남겨둔 채 말고삐를 휙 잡아채며 박차로 힘껏 말을 차서 숲 속의 빈 터를 가로질러 전속력으로 말을 몰았다.

이윽고 가원이 말했다.

"맹세코, 슬퍼하거나 울지 않으리.

나는 하느님의 뜻에 온전히 순종할 것이며

내 자신을 그에게 온전히 바치리라!"

그는 그링고렛에 박차를 가했고 안내원이 가르쳐준 길로 접어들어 힘차게 앞으로 나아갔다.   2160

덤불 가장자리에 있는 바위를 지났으며, 울퉁불퉁한 비탈길을 따라 바로 그 계곡 밑까지 말을 몰았다.

계곡 바닥에 도착한 후 주위를 살펴보았으나

그곳은 그저 황량해 보일 뿐이었다.

어디에도 사람이 거주한 흔적은 찾아볼 수 없었으며,

단지 양쪽에 가파르게 높이 솟아 있는 언덕과

거친 옹이투성이의 울퉁불퉁한 바위들만이 눈에 들어왔다.

뾰족한 돌출부를 지닌 험한 바위는 구름을 스치고 있는 것처럼 보였다.

그는 그곳에서 고삐를 당겨 말을 세웠고

예배당을 찾기 위해 계속해서 이곳저곳을 주시했다.

이상하게도 그 어느 방향으로도 그런 건물을 찾을 수 없었고 단지, 공터 바로 건너편의 그리 멀지 않은 곳에 둥그런 둔덕 같은 곳을 발견했다.

그것은 물가 옆 비탈길 옆에 위치하고 있었고,

그곳을 흐르는 개울 가까이에 있었다.

그리고 그 개울은 마치 물이 끓는 것처럼

바닥으로부터 소용돌이치며 거품을 일으키고 있었다.

기사는 말을 재촉하여 그 언덕바지에 당도하자

재빨리 말에서 내려 참피나무의 단단한 가지에 그의 고귀한 준마의 고삐를 매었다.

그리고 그는 그 둔덕에 올라 그곳을 돌며

그것이 무엇인지 곰곰이 생각했다

그곳의 한 끝과 양 측면에는 구멍이 있었고, 온통 무성한 풀로 뒤덮여 있었으며,

단지 그 안에는

오래된 굴인지, 아니면 오래된 바위에서 생긴 틈인지

무엇인지 알 수 없었지만

그 속은 아무것도 없이 텅 비어 있었다.

고귀한 기사가 외쳤다.

"아, 주여! 이곳이 바로 녹색 예배당이란 말인가?

이곳은 악마 따위가 새벽 첫 예배에 주문을 외우기에 합당한 곳이구나!"

가윈이 말했다.
2189

"정말이지 이곳은 삭막하기 이를 데 없군.

이 예배당은 온통 잡초로 뒤덮여 있고,

보기에도 흉한 모습을 하고 있구나.

녹색 옷을 차려입은 자가 이곳에서

악마의 방식에 따라 예배를 올린다면 잘 어울릴 거야.

맞아, 이제 나의 오감을 통해 단언하건대,

나를 파멸시키기 위해 이곳을 회합의 장소로 강요했던 자는 악마 바로 그자야.

여기는 불운의 예배당이야, 불행이 임할지어다!

이곳은 지금까지 내가 들어가본 것 중 가장 저주받은 예배당이야!"

그는 높이 솟은 투구를 머리에 쓰고 손에는 창을 든 채,

험악한 예배당의 지붕 위로 올라갔다.

그때 그는 높이 솟은 둔덕으로부터 하나의 소리를 들었다.

그 소리는 개울 건너 강기슭에 있는 견고한 바위로부터 들렸는데 실로 엄청나게 큰 소리였다.

들어보라!

그 소리는 마치 누군가가 회전 숫돌 위에서 거대한 낫을 날카롭게 갈 때 들리는 소리 같았고,

암벽이 갈라질 때 나는 소리처럼 절벽 안에서 울려 퍼지고 있었다.

들어보라!

그 소리는 마치 물방앗간에서 사납게 내리붓는 물처럼 윙윙거리며 삐걱거리는 소리를 내고 있었다.

들어보라!

그 소리는 듣기에도 소름이 끼쳤으니, 끽끽거리는 새된 소리와 함께 울려 퍼지고 있었다.

이윽고 가윈이 입을 열었다.

"오, 저러한 장치는 아마도,

나에게 경의를 표하기 위해,

합당한 의례에 맞춰 기사를 맞이하기 위해

준비된 것일 거야.

신의 뜻대로 모든 일이 이루어지리라.

'아아, 슬픈지고!' 따위의 통곡은 나에게 어떠한 도움도 주지 못하리라.

그러나, 설사 목숨을 잃는 한이 있더라도

그 어떤 소리에도 나는 두려워하지 않을 것이니라."

그러고 나서 기사는 큰 소리로 외쳤다.   2212

"나와 담판을 지을 약속을 한 이 땅의 주인이 누구더냐?

이제 약속한 대로 가윈이 이곳에 당도했으니,

나에게 뭔가 바라는 게 있는 자는

즉시 이곳으로 와서 용무를 끝낼지어다.

지금이 아니면 다시는 기회가 없으리라."

그러자 그의 머리 위쪽에 있는 구릉의 중턱에서 누군가 말했다.

"기다리시오."

"당신은 이제 곧, 일전에 내가 당신에게 약속했던 바를 다 받게 될 것이오."

내려오기 전 그는, 그가 방금 전에 했던 일, 즉 격렬하고 신속하게 돌면서 연신 윙윙거리는 소리를 내는 숫돌에 날을 가는 일을 당분간 지속했다.

이윽고 그는 무시무시한 무기를 들고 바위의 갈라진 틈을 통해 휙 소리와 함께 몸을 드러내며, 바위 옆을 따라 내려왔다.

그 무기는 되갚아줄 일격을 위해 준비된 데인 족의 도끼[2]였다. 그 도끼에는, 방금 숫돌에서 날카롭게 잘 다듬어진 거대한 날이 굽어진 채로 손잡이 등 쪽에 부착되어 있었고,

그 날은, 손잡이에 달려 밝게 빛나는 가죽 끈으로 재어서 족히 사 피트가 되는 거대한 날이었다.

그자는 예전에도 그러했듯이,

온통 녹색으로 치장되어 있었는데,

얼굴과 다리는 물론이고 머리와 수염 할 것 없이

모두 녹색이었다.

단지 이번에는 말을 타지 않았고,

땅 위를 큰 걸음으로 성큼성큼 굳세게 걸어서 왔으며,

---

2 데인 족의 도끼: 바이킹족이 사용하던 도끼로서, 날이 아주 길고 뒤쪽에 창을 달지 않았다. 녹색기사가 아서왕의 궁전에서 들고 있던 도끼는 창이 달린 완벽한 전투용 도끼였다.

활보하다가 옆에 있는 바위에 도끼의 손잡이를 기대며 몸의 균형을 잡
기도 했다.

물가에 도달했을 때, 그는 발로 건너려고 하지 않고 도끼에 몸을 지탱
하여 도끼 위로 몸을 날려 강을 건넜다.

그는 무섭고 험상궂은 모습을 하고

눈이 넓게 쌓여 있는 지면으로 대담하게 큰 걸음으로 걸어왔다.

가원은 그를 맞이하여 허리를 굽혀 절했다.

하지만 허리를 결코 깊이 굽히지는 않았다.

그러자 녹색기사가 말했다.

"자, 경이여,

그대는 약속을 지켜 신임을 얻도록 하시오."

녹색기사가 말했다.   2239

"가원 경, 신의 가호가 함께하기를!

내 영지에 온 것을 진심으로 환영하오.

그대는 우리 사이에 합의된 내용을 잘 기억하여

정직한 사람답게 시간에 맞춰 와주었소.

일 년 전 이때,

그대는 자신의 운이 감당해야 할 일을 떠맡았소.

이제 새해가 되었으니 내가 그것을 즉시 되갚으려 하오.

이 계곡에는 오로지 우리밖에 없으며,

우리를 갈라놓을 자 아무도 없으니,

마음껏 겨룰 수 있게 되었소.

머리에 쓰고 있는 투구를 벗고

이제 당신이 응당 받아야 할 것을 받도록 하시오.

그대가 단 일격에 내 머리를 날렸을 때

내가 했던 저항 이상은 하지 마시오."

그러자 가원이 답했다.

"절대로, 내게 생명을 부여한 신의 이름으로,

내게 무슨 해악이 닥치더라도

그대에게 조금의 원한도 품지 않을 것이오.

그러나 단 한 번에 치시오.

당신이 원하는 그 무엇을 행하든 간에

나는 가만히 서 있을 것이며

절대로 반항하지 않을 것이오."

그런 다음 그는 목을 아래로 구부려서,

흰 속살을 완전히 드러냈다.

그는 전혀 두려움을 모르는 것처럼 행동했으니,

공포 따위로 몸을 움츠리지 않을 것이었다.

녹색기사는 재빨리 준비를 마치고   2259

가원을 치기 위해 그 무시무시한 도끼를 들어올렸다.

그의 있는 힘을 다하여 한껏 높이 쳐들었는데,

그건 마치 정말로 가원을 죽이려고 작정이나 한 것처럼

힘차게 뒤흔들어 올려졌다.

그가 의도했던 대로 그렇게 강하게 도끼를 휙 내리쳤더라면

늘 용감한 자세를 견지했던 가윈일지언정 그가 친 일격에 목숨을 부지하지 못했을 것이었다.

그러나 가윈은 자신을 죽일 살상용 도끼가 지면을 향해 미끄러지듯 내려올 때, 그 도끼를 옆 눈으로 힐끗 보고서 날카로운 도끼날에 어깨를 약간 움츠렸다.

그러자 녹색기사는 하던 동작을 급히 멈추고

그 빛나는 도끼날을 멈추어 세웠다.

그리고 그는 오만한 말투로 그 고귀한 기사를 꾸짖었다.

"그대는 가윈 경이 아니오.

가윈 경은 그 어떤 상황에서도,

그 어떤 용사의 무리도 결코 두려워하지 않는 훌륭한 기사로 여겨지건만,

어떤 상해도 입기 전에,

지금 그대는 두려운 나머지 몸을 움찔하고 있지 않은가.

그 기사의 그런 비겁함을 결코 들어본 적이 없소.

그대가 나를 도끼로 내려쳤을 때

나는 겁에 질려 움찔하지도 않았고,

아서왕의 거처에서 어떠한 이의도 제기하지 않았소.

머리가 발밑에 떨어져나갔을 때조차도,

나는 전혀 움찔하지 않았소.

그런데 그대는

어떤 상해도 입기 전에 마음속으로 겁을 먹고 있구려.

일이 이러하니 내가 더 나은 자로 인정받은 것은 당연지사일 거요."

그러자 가윈이 말했다.

"내가 한번은 움찔했지만

더 이상은 그러지 않을 것이오.

비록 내 머리가 돌 위에 떨어지더라도,

나는 되돌릴 수 없을 것이오."

"그래도, 기사여,   2284

당신의 명예를 위해 서둘러 나와의 일에 결판을 내도록 합시다.

나에게 나의 운명의 양을 할당해주시오.

이 자리에서 공개적으로 말이오.

나는 움직이지 않고 그대가 치는 일격을 받을 것이며,

그대의 도끼가 나를 완전히 칠 때까지 조금도 움찔하지 않을 것이오.

내 말을 믿으시오."

그러자 녹색기사가 말했다.

"그렇다면, 이제 진정 그대를 치리라!"

그는 도끼를 하늘 높이 들어 올린 다음,

미친 사람처럼 사납게 노려보았다.

그가 가윈을 겨냥해 힘차게 도끼를 휘둘렀지만

도끼는 그의 몸에 닿지 않았다.

그것은 도끼가 가윈을 해하기 전에

갑자기 그가 그의 손을 제어했기 때문이었다.

부동의 자세로 공격을 기다린 가윈은

사지를 미동도 하지 않은 채,

수백 개의 뿌리로 바위투성이의 땅을 휘감고 있는

나무 그루터기나 돌처럼 움직이지 않고 서 있었다.

그러자 녹색기사가 쾌활하게 다시 말했다.

"참으로, 이제야 그대가 용기를 되찾았구려,

이번엔 반드시 그대를 치겠소.

아서왕이 그대에게 수여한 고귀한 기사 작위가

이제 그대를 보호하고,

할 수만 있다면 이 타격에서 그대의 목을 구해주기를 바라오!"

그러자 가윈이 분노에 찬 목소리로 격렬하게 말했다.

"아, 잔혹한 자여, 빨리 내리치라.

협박이 너무 길지 않은가.

그대가 마음속으로 두려움을 느낀다는 생각이 드는군."

녹색기사가 말했다.

"정말이지, 그대가 그토록 공격적으로 말하니,

이제 더 이상 주저하거나 그대 일을 미루지 않겠네."

그리고 나서 그는 내려칠 자세를 가다듬고

입술과 이마에 주름을 잡았다.

구원의 가망이 전혀 없었으니

가윈이 번득이는 도끼날에 파랗게 질린 것은 당연한 일이었다.

녹색기사는 무기를 가볍게 들어 올린 다음,

도끼날의 끝으로 드러난 목의 측면을 능숙하게 내려쳤다.

그가 그토록 세게 내리쳤지만,

가원은 부상을 입지 않았고

도끼날이 목 한쪽을 살짝 스쳐서 살이 약간 베었을 뿐이었다.

날카로운 도끼날이 하얀 살점을 뚫고 들어가면서,

선명한 피가 숙인 어깨 너머로 땅 위에 튀었다.

눈 위에 빛나는 자신의 피를 본 가원은

발을 모아 창 길이보다도 멀리 앞으로 뛰쳐나갔고,

이내 재빨리 투구를 붙들어 머리에 썼고,

어깨를 움직여 등 뒤에 매달린 방패를 팔 쪽으로 이동시켰으며,

이어서 빛나는 칼을 꺼내들고 맹렬하게 소리쳤다.

── 세상에 태어난 이래로

지금 느낀 행복의 절반만큼도 그는 행복을 느껴본 적이 없었다──

"공격을 멈추시오, 기사여,

더는 도끼를 휘두르지 마시오.

이곳에서 아무 저항 없이 일격을 맞았으니,

한 번만 더 휘두르면 나도 지체하지 않고

즉시 반격하겠소.

아주 철저히 말이오 ── 명심하시오. 이건 진심이오.

내가 여기에서 마땅히 받아야 할 것은 단지 한 번의 일격이오,

작년에 아서왕의 궁에서 이루어진 계약을 그대로 지켰으니,

훌륭한 기사여, 이제 그만 손을 거두시오!"

그러자 녹색기사는 뒤로 물러섰으며

도끼의 손잡이를 지면에 고정하고 도낏날에 몸을 기댔다.

그리고 숲 속 빈터에 서 있는 가윈을 응시했다.

녹색기사는 무구를 갖추고 일체의 두려움도 없이 담대한 표정을 지으며 그곳에 당당히 서 있는 가윈을 발견하고,

그 모습에 내심 기쁨을 감추지 못했다.

그런 후, 그는 가윈을 향해 경쾌하고 낭랑하게 울리는 목소리로 크게 외쳤다.

"용감한 기사여,

이제 이 전투에서 더 이상 그렇게 격렬하게 굴지 않아도 되오.

아무도 당신에게 무례하게 굴지 않았으며,

왕 앞에서 합의한 내용 이외의 것을 행하지도 않았지 않소.

내가 일격을 가하기로 하고 그대가 그것을 받았으니, 모든 것을 갚았다고 칩시다.

더 이상의 책임을 지지 않아도 되오.

만일 내가 친 일격이 조금 더 강했더라면,

그대를 강타해서 치명상을 입혔을 것이오.

처음에 내가 슬쩍 치는 척 위협하며

그대에게 응당한 대가인 치명적인 상처를 입히지 않은 것은

우리가 첫째 날 밤에 행한 합의 때문에 그런 것이오.

그대는 신의를 다해서 약속을 지켰고,

선한 사람의 도리대로, 얻은 것을 모두 주었소.

두번째에도 치는 척만 했던 것은, 그 다음 날을 생각해보면

내 아름다운 아내에게 키스했듯이,

나에게 그대로 돌려주었소.

이런 이유로 나는 그대에게 두 차례에 걸쳐

아무런 해도 입히지 않고, 치는 시늉만 했던 것이오.

진정한 기사는 자신이 빚진 것을 갚는 법이고

그런 사람에게는 위험에 대한 두려움이 필요치 않소.

그런데 세번째 날 그대가 그 전에 있어서 실패했기 때문에,

내 일격을 맞게 된 것이오.

그대가 걸치고 있는 잘 짜인 그 띠는 바로 내 것이오.　　　　2358

확신하건대 내 아내가 그대에게 준 것이오. 그래서 잘 알고 있소.

그대가 키스한 것과 그대가 행동한 것,

아내가 그대에게 구애를 한 것까지 나는 모두 알고 있소:

그 모든 것은 내 착안이었소.

그녀를 보내서 그대를 시험한 것인데, 그대는 그 유혹을

완강히 떨쳐내었소.

말라빠진 완두콩보다 진주가 훨씬 더한 가치를 가지듯이,

바로 그대야말로 이 세상에서 가장 흠이 없는 기사인 것 같소.

그러니 진실로 다른 훌륭한 기사들보다 그대 가윈이 훨씬 뛰어나오.

하지만 그대에게 약간의 결점이 있는데 바로 신의(信義)의 결핍이오.

하지만 그것은 거들의 세공술이 뛰어났기 때문이 아니고

구애(求愛) 때문도 아니오.

그것은 바로 그대가 그대의 생명에 대해 애착이 강했기 때문에 생긴 것
이오.

그것 때문에 약간의 비난을 가한 것이오."

가원은 한참 동안 묵묵히 서서 생각하다가,

말할 수 없는 굴욕감에 압도되어

내심 몸을 떨었다.

심장의 피가 온통 얼굴로 쏠렸으며,

녹색기사가 한 말에 북받치는 수치심으로 온몸이 움츠러들었다.

그리고 나서 그가 실제로 토해낸 첫마디는 다음과 같았다:

"비겁함과 탐욕에 저주가 있을지어다!

기사의 덕성을 파괴하는 천함과 사악함이 그대에게 도사리고 있도다!"

그리고 가원은 그 매듭을 붙들어 잡아 풀어서,

그자를 향해 격렬하게 벨트를 던졌다.

"자! 나의 신의가 파괴되었다는 증표가 여기에 있소,

재수 없는 물건!

그대가 내리칠 일격을 두려워한 나머지

비겁함에 굴복하여 탐욕을 좇았고,

기사가 응당 지녀야 할 관대함과 신의 — 나의 본성 — 를 저버리고 말
았소.

항상 배반과 정직하지 않은 것을 혐오해온 나였는데,

이제 나는 신의를 저버렸고 맹세를 파기한 죄를 짓게 되었소.

슬픔과 불행이 함께 임할지어다!

이 자리에서 그대에게 겸허히 고백하건대,

내 행동에 죄가 많소이다.

그대의 신뢰를 회복하도록 해주시오.

이후로는 신중을 기하여 임하리라."

그러자 녹색기사는 웃음을 터뜨리며 다정하게 말했다:　　　　　　2389

"내가 당한 피해는 이제 완전히 보상받은 것 같소.

그대의 고백으로 그대는 완전히 씻겨졌으며,

잘못을 받아들이고 내 도끼날 끝에서 온전한 참회를 이루었소.

이제 그대는 죄를 사면받았고

그대가 세상에 태어난 이래 전혀 죄를 짓지 않은 것처럼 온전히 정화되

었다고 생각하오.

금박을 두른 그 거들을 내 그대에게 되돌려주리다.

왜냐하면, 가원 경, 그것은 내 가운과 같은 녹색이고,

그대가 돌아가 귀족들과 다시 회동할 때

그대가 우리 사이의 시합을 기억할 것이기 때문이오.

이것은 용맹스러운 기사들 사이에 녹색 예배당의 모험을 의미하는 완벽

한 증표가 될 것이오.

이 새해에 나의 거처로 다시 와주기 바라오.

축제의 나머지 기간 동안 여흥을 마음껏 즐기도록 합시다."

녹색기사는 간절히 초청하며 말을 이었다:

"나는 알고 있소, 우리는 그대와 그대의 교활한 적이었던 나의 아내 사

이에 화해를 이루게 할 것이오."

"그럴 수는 없소" 가원이 말했다.

그는 투구를 잡아 정중하게 벗으며, 성주에게 감사의 뜻을 표했다:

"나는 너무 오래 머물렀소. 그대에게 무한한 행운이 함께하기를,

또한 신께서 내리는 영광이 그대에게 충만하길 바라오.

나의 안부를 전해주시오.

그대의 아름답고 우아한 부인과,

그들의 계략으로 나를 감쪽같이 속였던

내가 존경해마지않는 다른 여인들에게 말이오.

그러나 만약 바보가 어리석게 행동하여 여인들의 계략에 말려들어 슬픔에 처하게 된다면 그것은 그리 놀랄 일이 아니오.

왜냐하면 아담이 지상에서 한 여인에 의해 그와 같이 현혹되었고, 솔로몬은 여러 여인들에 의해 그리 되었고,

삼손 역시 — 델릴라가 그의 운을 재촉했고,

그리고 다윗 왕 역시 바세바에게 현혹되어 커다란 비극을 겪게 되었기 때문이오.

이렇듯 이들은 여인의 간계에 의해 큰 고뇌에 빠지게 되었으니, 할 수만 있다면,

여인과의 사랑은 즐기되 결코 그들을 신뢰하지 않는 것이

더욱 현명한 일일 것이오.

그들은 고대 세계에 가장 고귀한 자들이었으며,

하늘 아래 살았던 그 누구도 누리지 못했던 부귀영화를 누렸던 이들이었소.

하지만 이들 모두가 관계를 가졌던 여인들에 의해 기만당했소.

상황이 이러한즉, 설령 내가 현혹되었다 하더라도

나름대로 변명의 구실은 있을 것 같소이다."

가원은 말을 계속했다.

"그대의 거들에 대해서 말하자면,

── 그러한 호의를 베푼 그대에게 하느님께서 보답하시길 ── !

기꺼이 그것을 간직하도록 하겠습니다.

휘황찬란한 금장식 때문이 아니요,

띠 그 자체 때문도 아니요, 실크 때문도 아니요,

길게 늘어뜨린 장식 때문도 아니요,

고가의 비용 때문도 아니요,

가치 때문도 아니며, 뛰어난 세공 기술 때문도 아니오.

바로 내가 저지른 과실의 징표로서

그것을 바라보기 위해서요.

즉, 내가 명예에 사로잡혀 말을 달릴 때,

양심의 가책을 느끼며 내 자신에게 사악한 육신의 허약함과 결점을 상

기시키기 위해서,

또한 죄의 오점에 빠지기가 얼마나 쉬운지를 상기시키기 위함이오.

그리하여 기사도의 무용을 자극하는 자긍심이 내 안에 소용돌이칠 때

이 사랑의 띠를 한번 보면서 내 마음을 다스릴 생각이오.

이제 그대의 기분이 상하지 않는다면

한 가지 묻고 싶은 것이 있소이다.

그대는 내가 존귀한 대접 ── 높은 보좌에 앉아 천국을 주재하시는 그분

께서 그대가 베풀어준 환대에 보답해주시기를! ─ 을 받으며 함께 머물렀
던 이 지역의 성주인고로 그대의 이름을 알고 싶소,

그대의 진짜 이름이 무엇이오?

다른 것은 일체 묻지 않으리라."

그러자 녹색기사가 말했다.

"그대에게 사실대로 말하리라,

버틸락 더 오우트드저³ ─ 이곳에서는 나를 이렇게 부르오.

내 집에 기거하는 모건 르 페이⁴는 힘과

계략으로 많은 마술을 배웠고,

그대의 고향에 있는 모든 기사들이 아는 바와 같이

한때 그분이 그 뛰어난 마법사와 깊은 사랑에 빠졌을 때,

그분은 머린⁵의 신비한 마법을 습득했소.

그분이 바로 여신 모건이라오.

아무리 지고한 자긍심을 지닌 자라도

그분 앞에서는 완전히 기세가 꺾이게 되는 것이오.

모건이 이런 차림의 나를 그대의 화려한 궁정으로 보내어   2456

그대들의 자긍심을 시험하여

---

3 오우트드저는 버틸락의 거주지로 가윈이 크리스마스 때 머물렀던 성 이름이며 '높고' '외로
  운' 의 의미를 지닌다.
4 모건 르 페이: 아서왕의 이복누이로서 아버지는 틴타겔 공작이다. 그녀는 머린을 유혹하여
  그의 마술을 배우게 된다.
5 머린: 아서왕의 마법사.

원탁의 훌륭한 명성에 관한 소문이 진실인지를 알려고 한 것이오.

그분은 그대의 정신을 혼미케 하기 위해 이러한 일을 꾸민 것인데, 이유인즉,

상석 앞에서 말하는 그 남자에 대한 공포심으로 귀느비어 왕비를 놀라게 하여 죽게 할 의도로 이러한 일을 꾸민 것이오.

내 집에 거하는 그 존귀한 여인은

그대의 이모이자 아서왕의 이복동생인 틴타젤 공작부인의 딸이며,

그 공작부인과 고귀한 우서왕 사이에서 현재 왕인 아서왕이 태어나게 된 것이오.

그러니 그대에게 간청하건대 나와 함께 당신의 이모님께

돌아갑시다.

내 성에서 즐겁게 지내시오.

성안의 모든 사람들은 그대를 사랑할 것이며 지극한 호의를 베풀 것이오.

그리고 당신의 위대한 진실함 때문에

나 역시 내 명예를 걸고 그대에게 최상의 호의를 베풀도록 하겠소."

그러나 가윈은 단호하게 거절했다.

그들은 포옹과 키스를 나눈 다음

천국의 통치자에게 서로의 가호를 기원하고

곧바로 그 차가운 땅에서 작별했다.

가윈은 자신의 훌륭한 준마에 올라타고

서둘러서 성으로 길을 재촉했고

녹색기사는 원하는 곳을 향해서 길을 떠났다.

신의 자비로 목숨을 건진 가윈은

그링고렛을 타고 황량한 길을 통해 여정을 진행했다.

하숙을 하기도 하고, 노숙을 하기도 하면서,

여러 모험을 겪으면서 승리를 거두기도 했는데,

지금 이 이야기를 할 필요는 없을 듯하오.

목에 난 상처는 비로소 다 아물었으며

그가 허리에 두른 빛나는 띠는

그의 잘못을 암시하는 하나의 징표로써

왼팔 밑으로 매듭을 짓도록 하여

수대처럼 몸에 엇갈리게 착용하면서 고정시켰다.

그리하여 그가 안전히 성에 돌아왔을 때

선한 가윈 경이 돌아왔다는 사실이 귀인들에 알려지자

성안에는 기쁨이 퍼졌다.

왕과 왕비가 가윈에게 키스를 하고

고귀한 기사들이 포옹하기 위하여 그에게 나와 있다.

그리고 그의 여행에 대해서 묻자,

가윈은 기이한 이야기,

즉, 자신이 겪은 온갖 고난에 대해 이야기했으니,

성에서 생긴 일에 관한 것으로써,

녹색기사의 처신이라든지, 그 여인의 구애라든지

마지막으로 그 벨트에 관한 것이었다.

그는 자신의 약속 불이행으로 인한 책망으로

녹색기사의 손에 의해 받은 목의 상처를 드러내어

보여주었다.

이러한 사실들을 말할 때 그는 괴로워하였으며

고통과 굴욕으로 피가 그의 얼굴로 솟구쳤다.

가윈은 허리띠를 만지면서 말했다. 2505

"왕이시여,

이것이 바로 목에 지니고 있는 저의 불찰을 상징하는 띠이며,

제가 빠져들었던 비겁과 탐욕으로 인해 받았던 부상과 피해의 상징입니다.

이것이야말로 제가 범했던 불성실의 징표이며

제가 살아 있는 동안 평생 걸쳐야 할 것입니다.

사람은 자신의 과오를 숨길 수 있으나

없던 일로 되돌릴 수는 없는 일입니다.

이유인즉,

한번 뿌리를 내리면 결코 뽑을 수 없기 때문입니다."

왕은 가윈을 위로하였고

성안의 모든 이들은 그 일에 대해 크게 웃음을 터뜨렸다.

이어서 그들은 원탁에 속하는 귀족들과 기사들의 우정을 위하여 결의를 했으니,

형제애를 나누는 모든 구성원들은

가윈 경을 위하여 그의 몸에 비스듬히 걸친 밝게 빛나는 녹색 띠와 같

은 띠를 걸치기로 동의했다.

그렇게 하는 것이 원탁의 훌륭한 명성에 어울리는 것이었으며,

그 후 누구든 그것을 걸치는 자는 명예로운 자로 여겨졌으니,

이는 최상의 로망스 책에 기록된 바이다.

아서왕 시절에 이러한 모험이 발생했으니,

브리튼의 연대기가 이를 입증하고 있다.

트로이 도시의 포위와 공격이 끝난 이후,

그 용맹스러운 브루투스가 이곳에 처음 온 이래,

진실로 그러한 많은 모험들이 이전에 발생했노라.

이제 가시면류관을 쓰신 그분께서 우리들에게 축복을 내려주시기를 바라노라. 아멘.[6]

HONI SOYT QUI MAL PENSE

(마음속에 악한 생각을 지닌 이여, 부끄러워할지어다)

---

6 축복의 기도와 함께 이야기를 끝내는 것이 당시의 관례였다.

이상과 현실 사이에서의 갈등을 다룬
중세 로망스『가윈 경과 녹색기사』

중세 로망스인『가윈 경과 녹색기사 *Sir Gawain and the Green Knight*』는 작품에 담긴 상징성, 주제와 소재의 절묘한 조화 및 두운이라는 독특한 운율의 효과 등으로 인해 로망스 문학의 백미로 간주된다. 크리스마스 절기에 아서왕 휘하의 원탁기사인 가윈 경은 자의 반 타의 반에 의해 생사를 가름하는 '목 베기 게임 beheading game'에 임하게 된다. 일 년이라는 기간을 두고 두 번에 걸쳐 '목 베기 게임'이 전개되는데, 이 사이에 가윈 경은 '유혹'이라는 또 다른 관문을 통과해야 한다. '목 베기 게임'과 '유혹'은 별개의 소재로 간주되지만 '자아성찰'이라는 대주제의 관점에서 보면 이 둘은 불가분의 관계를 유지하게 된다. 이러한 복합적인 구도는 끝과 시작이 분명하지 않은 채 일정한 무늬를 형성하는 켈트인들의 얽힘무늬 interwoven pattern를 연상케 하며 동시에 작품 속에 언급된 솔로몬 왕의 오각 별표를 상기시킨다. 또한 이러한 복합적인 구도는 작품 혹은 각각의 소재가 지닌 표면적 의미와 얽혀 궁극적으로 작품에서 노리는 '자아성찰'이라는 내면의 의미를 형성한다. 실타래같이 얽혀 있는 '얽힘구도'에 대한 올바른 이해야말로 작품의 이해를 돕는 첩경이라고 간주된다. 주제 면에서도 이 작품은 매우 복잡한 양상을 내포하고 있다. 주인공인 가윈 경은 완벽한 기사도에서 요구되는 도덕관과 인간이기에 떨쳐버릴 수 없는 육신의 끌림이 이끄는 유혹 사이에서 계속되는 갈등을 겪게 된다. 또한 이상과 현실 사이의 갈등은 이 작품의 일관된 틀인 '얽힘구도'와도 맞물려 있기 때문에 작품의 외형(구도)과 내형(주제)에 관한 유기적 분석은 중요한 의의를 지닌다 할 수 있겠다.

이 글에서는 '자아성찰'이라는 대 주제를 효율적으로 드러내기 위해서 사용되는 다양한 소재들의 기능 및 역할을 살펴보며, 동시에 표면적 의미와 내면적 의미의 괴리를 가능케 한 상징성에 대해서도 짚어보고자 한다.

1. 작품의 배경

작자 미상의 『가윈 경과 녹색기사』는 14세기 후반부에 씌어진 것으로 추정되며, 고대 영문학 시기(7~11세기)에 유행했던 두운 작시법을 사용하고 있다. 이 시기는 영시의 아버지라 불리는 초서(Geoffrey Chaucer, 1342~1400)가 활약한 시기와도 일치한다. 하지만 이 작품은 초서의 영어인 런던영어나 남동부의 중세영어에 친숙한 독자에게도 어휘상의 부담을 안겨준다. 작품에서 사용된 언어는 잉글랜드 중부 북서부의 방언으로서 철자, 발음, 의미, 문장구조 등에서 초서의 영어와는 현격한 차이를 보인다. 또한 초서의 영어에 비해 동의어와 형용어를 많이 사용하고 있는데, 이는 두운 작시법에 따른 운율상의 효과를 염두에 두었기 때문이다.

미상의 작자는 귀족사회의 예법, 건축, 사냥, 종교절기, 향연, 축제, 의상, 무구, 궁중화술, 크리스마스 게임 등에 정통하고 있는 것으로 보아 귀족 신분은 아닐지라도 중세사회의 전모에 대해 해박한 지식을 갖춘 식자층으로 간주된다. 아마도 작자는 랭카셔나 스태포드셔 혹은 더비셔의 한 성에 살았을 것으로 추정된다. 성을 중심으로 한 관련 어휘가 이를 뒷받침하고 있다. 『가윈 경과 녹색기사』는 엘리자베스 여왕 시기(16~17세기)의 고문서 수집가였던 코튼 경Sir Robert Cotton의 장서에 속한 수서본manuscript에서 발견된다. 아마도 코튼 경이 요크셔의 한 도서관에서 이 수서본을 수집했을 것으로 추정된다. 이 작품은 19세기에 학자들의 관심을 끌게 되고 1839년에 처음으로 현대어 철자로 편집되어 출판에 이르게 된다. 흔히 'Gawain-poet'라 불리는 이 수서본에는 『인내Patience』 『청결Cleanness』 『진주Pearl』 『가윈 경과 녹색기사』의 네 작품이 포함되어 있다.

2. 이야기의 출처

『가윈 경과 녹색기사』는 주제, 소재의 선택 및 이야기의 내용에 있어서 전형적인 아서왕 로맨스에 속한다. 하지만 중세 로맨스가 그러하듯이 이 작품 역시 다양한 문학권에서 전래되어온 구전문학의 전통을 어느 정도 답습하고 있다. 작품의 핵심 소재로 간주되는 '목 베기 게임'은 전형적인 아서왕 로맨스와는 거리가 있는 것으로서 잉글랜드가 아닌 아일랜드에서 그 출처를 찾아볼 수 있다. 가윈 경과 녹색기사 사이에서 벌어지는 '목 베기 게임'과 유사한 또 다른 '목 베기 게임'이 8~9세기에 씌어진 아일랜드의 서사시 「플래드 브리크랜드: 브리크리우의 향연Fled Bricrend: Bricriu' s Feast」에서 나타난다. 아일랜드의 전설적 영웅인 쿠흐크레인Cuchulain은 '공포의 아들'이라 불리는 우아스 맥 이모메인Uath mac Imomain과 게임을 벌인다. 먼저 쿠흐크레인이 우아스의 머리를 절단하고 약속에 따라 다음 날 우아스가 쿠흐크레인의 머리를 내려치게 된다. 우아스는 세 번에 걸쳐 쿠흐크레인의 머리를 겨냥하지만 그의 머리를 절단하지 않고 쿠흐크레인을 게임의 승자로 인정한다. 이 서사시 속의 우아스는 거칠고 난폭한 야만인이다. '야만인'의 뜻을 지닌 아일랜드어 바흐라흐들셉Bachlachdlsep은 『가윈 경과 녹색기사』에서 가윈 경과 게임을 벌인 성주의 이름 버틸락Bertilak과 같은 어원으로서 발음 및 철자의 유사성이 두드러진다. 하지만 『가윈 경과 녹색기사』에 등장하는 녹색기사는 양면성을 지닌다. 거인을 연상시키는 우람한 체격, 긴 머리와 턱수염, 전신에서 반사되는 눈부신 녹색 그리고 소름 끼치는 도끼를 든 녹색기사의 모습은 일부 민담이나 설화 혹은 로망스에 등장하는 숲 속의 야만인 모습이다. 하지만 이 녹색기사는 다른 한 손에 평화의 상징인 서양호랑가시나무sprig of holy를 지니고 있으며, 균형 잡힌 완벽한 몸매와 함께 문명사회의 세련된 복장을 갖추고 있다. 아서왕의 궁궐에서 그가 보여준 화술과 태도 역시 궁중예법에 따른 정중함을 반영하는가 하면 동시에 야만성과 무례함을 드러낸다. 이러한 양면성은 이상과 현실 사이의 괴리에서 파생되는 갈등구도 — 어느 한편의 도덕적 가치관만을 적용할 수 없는 인간의 한계 상황 — 와도 무관하지 않다. 이러한 '목 베기 게임'은 아서왕과 그의 명성을 다룬 12세기 혹은 13세기의 프랑스 궁정 로망스에서도 발견된다.

이 작품에서 다루어지는 두번째 주요한 소재는 여주인에 의한 '유혹temptation'이다. 이 역시 중세 이전의 여러 작품에서 흔히 접할 수 있는 소재인데 가윈 경과 성주 부인 사이에 벌어지는 유혹의 장면과 가장 유사한 것으로서 앵글로 노먼Anglo-Norman 시대 작품인 이데르Yder를 들 수 있다. 주 내용은 주인의 부인이 손님을 유혹하는 것으로서, 그 목적은 주인인 남편이 손님 위에 군림하도록 하기 위한 계략에서 비롯된다. 하지만 이 작품에서는 이 '유혹'의 장면이 독자적인 문학적 구도— 예를 들면 작품 구성— 를 형성하는 것이 아니고, 위에 언급한 '목 베기 게임'과 다음에서 논의되는 '획득물 교환게임'과 연계하여 그 구성 가치를 지니게 된다. '획득물 교환게임'은 중세 로망스 문학은 물론 동서고금의 문학 작품에서 쉽게 접할 수 있는 소재이다. 작품의 결말을 유도하는 장치로서 자주 사용되는 '획득물 교환게임'은 『가윈 경과 녹색기사』에서 매우 복잡한 양상을 띠며 전개된다.

3. 통합을 위한 소재의 결합

가윈 경의 방패에 새겨진 오각형 별표의 오각이 서로 교차하면서 연결되어 '진리truth'라는 최고의 가치를 형성하듯이, 『가윈 경과 녹색기사』의 주요한 세 소재인 '목 베기 게임,' '유혹' 그리고 '획득물 교환게임'도 작품에서 노리는 통합— 작품의 대주제인 자아성찰— 의 완성을 위해 상호간 유기적 결합을 지속한다. 이 세 소재의 절묘한 혼합은 다른 중세 로망스 문학에서 찾아볼 수 없는 독특한 예술적 기교로서 『가윈 경과 녹색기사』를 중세문학의 압권이라 불리게 하는 주요한 요인으로 작용한다. 『가윈 경과 녹색기사』는 일 년 삼백육십오 일을 한 주기로, 작품의 시작과 끝이 원(圓)을 형성하듯 이루어진다. 작품의 시작은 크리스마스 절기를 맞이한 아서왕 궁궐에서 벌어지는 첫번째 '목 베기 게임'에서 비롯된다.

이 게임은 상대방의 목을 내려치는 자가 일 년 하고 하루 뒤 게임의 상대방에게 자신의 목을 내놓아야 하는, 어떠한 상황에서도 번복할 수 없는 약속에 근거한 생사의 게임이다. 여기서 말한 약속은 선악을 근거로 한 양심의 법칙과는 거리가 먼 무정형의 도덕률과 같은 성격을 띤다. 즉, 자신의 말에 따라 게임에 응했기 때문에 준수해야만 하는 맹목적 책무blind obligation인 것이다. '목 베기 게임'이 완성되는 일 년은 시간상으로 삼백육십오 일이지만 이 게임의 성격이 생과 사의 문제를 다루기 때문에 이 기간은 생명의 한 주기cycle of life로 간주된다. 일 년 사이에 벌어지는 이 두 번의 '목 베기 게임' 사이에 사흘간에 걸쳐 진행되는 세 번의 '유혹'이 있으며, 동시에 사흘간의 사냥 장면이 있고 이런 와중에 세 번에 걸쳐 세 가지 동물을 이용하는 '획득물 교환게임'이 진행된다. 사흘에 걸쳐 가원 경을 유혹한 성주 부인은 첫번째 '목 베기 게임'에서 가원 경의 목을 내려친 바로 그 녹색기사의 부인이었으며, 녹색기사는 가원 경의 완벽함— 즉 '진실'— 을 시험하기 위해서 부인으로 하여금 그러한 유혹을 하도록 시켰던 것이다. 이러한 측면에서 성주인 녹색기사가 가원 경에게 내리는 도덕적 판단의 유무— 목 치기 게임의 결과로 나타남— 는 유혹의 현장에서 입증된 가원 경의 행실에 좌우된다. 이러한 관점에서 일차적으로 '목 베기 게임'과 '유혹'이 상호 연관성을 지니게 된다. 약속의 법칙에 의해 진행되는 '획득물 교환게임'의 당사자는 녹색기사인 성주와 가원 경이지만, 이 게임은 가원 경을 유혹했던 성주 부인에 의해 온전히 성사된다. 사흘간의 집요한 '유혹' 끝에 성주 부인은 가원 경에게 사랑의 징표를 교환할 것을 제안한다. 처음에는 이러한 제의를 거절했던 가원 경은 자신의 생명을 구할 수 있다는 녹색 띠를 그만 받아들이고 만다. 하지만 바로 그 날 밤, 성주와의 사이에서 이루어지는 '획득물 교환게임'에서 가원 경은 성주가 내놓은 여우 가죽을 받아들이지만 자신이 획득한 녹색 띠는 따로 숨겨놓은 채 성주에게 건네주지 않는다. 즉, 하루 중 얻은 것을 교환하기로 한 약속을 위배함으로써 두번째 '목 베기 게임'에서 목에 상처를 받게 되고 '진실'을 모태로 한 자신의 명예에 치명상을 입게 된다. '유혹'과 두번째 '목 베기 게임'에서와 같이 '획득물 교환게임'과 두번째 '목 베기 게임' 사이에는 끊을 수 없는 인과관계가 서로 성립하게 되는 것이다. 또한 녹색 띠를 둘러싼 '획득물 교환게임'은 '유혹'의 연장이기 때문에 '획득물 교환게임'과 '유혹' 그리고 두번째 '목 베기 게임'의 세 요소는 불가분의 인과관계를 성립하게 된다. 이러한 세 요소 사이의 얽힘구도는 가원 경이 소지하고 있는 방패에 새겨진 문장 구도를 상기시킨다.

4. 완벽한 기사도의 상징, 오각 별표

가원 경의 방패에 새겨진 오각 별표는 '솔로몬의 문장Solomon's Seal'이라고도 불리며, 이교도 문화권에서는 '건강' 혹은 '완벽'의 상징으로서 자주 인용된다. 다섯 각과 다섯 측면으로 이루어진 이 별표는 솔로몬의 지혜를 상징하며 가원 경이 열망하는 이상을 나타낸다. 이 별표의 각 선은 서로 간의 중복을 피하면서 단절되지 않고 잘 연결되어 균형과 통합의 이미지를 자아낸다. 동시에 시작과 끝을 분별할 수 없기 때문에 종종 '끝이 없는 매듭endless knot'으로 지칭되기도 한다. 다섯 각은 예수그리스도의 다섯 상처와 성모 마리아의 다섯 기쁨, 그리고 기사도의 다섯 덕목을 상징한다. 작품에서 보이는 기사도의 다섯 덕목은 관대함(*fraunchyse*: generosity, magnanimity), 신의(*fela3schyp*: loyalty), 순결(*clannes*:

freedom from lust), 예의범절(*cortaysye*: courtesy and consideration for others), 연민(*pite*: Christian compassion and devotion to duty)으로서 이들은 도덕률의 최종 목표인 진실(*trwe*: truth)의 구현을 위해 서로 결합돼 있다. 오각 별표의 별개 각이 전체의 균형을 위해 존재하듯이, 각각의 덕목은 개별적인 의미를 견지하면서 상호 유기적인 연합을 통해 최종 가치관인 '진실'을 형성하는 것이다. 또한 한 각이 손상되면 조화롭고 완벽한 별표의 형상을 이루지 못하듯이, 다섯 덕목 중 한 가지 덕목이 그 기준점에 이르지 못하면 완벽한 도덕성에 타격을 입게 되는 것이다. 이는 마치 '유혹'의 장면에서 가원 경이 '순결'의 덕목은 완수하지만 녹색 띠를 숨김으로써 성주와의 '신의'를 저버리게 되어 자신의 명예에 흠집을 남기는 것과 같다고 할 수 있겠다. 오각 별표를 둘러싼 다섯 가지 덕목은 모든 여정을 끝낸 가원 경의 도덕성을 판단하는 중요한 기준으로 작용하게 된다.

5. '목 베기 게임'의 성격

얽힘구도 속에서 진행되는 가원 경의 자아발견은 두 번에 걸친 '목 베기 게임'의 성격과 밀접한 관련을 지닌다. 작품의 시종(始終)을 이룬다는 견지에서 보면 두번째 목 베기 게임은 첫번째 목 베기 게임의 필연적 소산으로 간주될 수 있으나, 이 두 번의 게임은 여러 면에서 공통점과 상이점을 내포하고 있다. 공통점으로서는 이상과 현실 사이의 괴리에서 파생되는 가원 경의 심리적 갈등을 들 수 있다. 두번째 목 베기 게임에서 보이는 가원 경의 태도는 자신이 약조한 게임의 법칙에 미달하게 된다. 죽음에 대한 두려움 때문에 녹색 성주가 내려치려는 도끼날이 두려워 목을 움츠리게 된 것이다. 생사의 간극에서 엿볼 수 있는 인간의 보편적 고뇌가 가윈 경에게서도 여실히 보이고 있는 것이다. 한편, 첫번째 목 베기 게임은 두번째 목 베기 게임에서와 같은 강한 시각적 이미지를 내포하고 있지 않지만 생사를 둘러싼 가윈 경의 갈등을 우회적으로 그려내고 있다. 크리스마스 절기에 아서왕의 궁궐에 출현한 녹색기사는 아서왕을 포함한 원탁기사의 기사도를 시험하기 위해 목숨을 담보로 하는 목 베기 게임을 제안한다. 원탁의 기사들이 죽음에 대한 두려움 때문에 게임에 선뜻 응하지 못하자 녹색기사는 원탁기사의 명성에 일격을 가한다: "이것이 세상 도처에 널리 알려진 아서왕의 궁궐이고 원탁기사들이란 말인가? 그대들의 자부심과 긍지는 다 어디로 갔는가?" 이 말에 굴욕을 느낀 아서왕이 녹색기사의 도낏자루를 쥐고 게임에 응한다. 하지만 이때까지 침묵을 지키고 있던 가윈 경이 나서며 왕 대신 생사의 게임에 참여하게 된다. 이런 과정에서 가윈 경은 자신이 임하게 되는 게임에 관한 견해를 아서왕에게 표명한다: "이 게임은 어리석은 것으로써 군주께서 감당하시기에 합당치 않으니 바라옵건대, 소인이 맡을 수 있도록 해주시옵소서." 가윈 경이 파악한 '목 베기 게임'의 무가치성은 궁중에 있는 다른 사람들에 의해 재확인된다: "(가윈 경이) 좀더 신중하게 대처했더라면, 그래서 목숨을 보전했더라면 좋았을 것을, 요정 같은 사람(녹색기사 지칭)의 과도한 자만심에 의해 목숨을 잃게 되다니." 가윈 경은 어떤 연유로 자신이 '어리석은 게임'으로 규명한 '목 베기 게임'에 참여하게 되는 것일까? 자신의 판단에 의하면 이 '목 베기 게임'은 어떠한 대의명분의 구실을 제공하지 못하게 되는 것이다. 자신이 게임에 임하기 전까지 진행된 잠시 동안의 침묵 속에서 가윈 경은 이상과 현실 사이의 갈등으로 고뇌하게 된다. 이러한 갈등 장면

은 작품에서 노출되지 않지만 가원 경이 아서왕을 향한 충성심을 표명하는 대목에서 엿보이게 된다:

"가장 연약한 자요, 강인한 용사들 사이에서 가장 비천하니 혹 목숨을 잃게 되더라도 하등의 손실이 되지 않을 것이옵니다. 당신이 저의 삼촌이라는 사실만으로도 저의 가치는 높이 사질 것입니다. 그러한 혈연관계를 고려치 않는다면 저에게는 내세울 만한 아무런 덕목도 찾을 수 없을 것입니다."

자신의 고백처럼, 가원 경은 아서왕의 신하와 혈족으로서 기사도의 한 덕목인 '신의' 혹은 '충성'을 실행하기 위해 '어리석은 게임'에 임하게 된다. 하지만 이러한 기사도의 이상을 실현하기 위해서는 정해진 시간에 반드시 목숨을 내놓아야 하는 현실적 제약을 감수해야만 한다. 여기에 가원 경의 고뇌가 담겨 있는 것이다. 그럼에도 불구하고 가원 경은 첫번째 '목 베기 게임'에서 현실주의를 뒤로하고 이상주의를 실현함으로써 완벽한 기사도의 모습을 구현한다. 하지만 두번째 목 베기 게임에서는 완벽한 이상주의의 실현이 보류되어 가원 경 성격의 일관성에 의구심이 들게 한다. 첫번째 목 베기 게임이 뚜렷한 대의명분이 결여된 게임이라면, 두번째 목 베기 게임은 획득물 교환게임 및 유혹과 연계하여 가원 경의 총체적 도덕관을 규명하는 장치로 간주되기 때문에 그 중요성이 지대하다고 할 수 있겠다.

6. 세 번의 유혹과 세 번의 사냥: 평행 관계와 궁중화술

두 번의 목 베기 게임 사이에 끼어 있는 세 번의 유혹과 세 번의 사냥 장면은 작품의 큰 틀인 얽힘구도의 핵심 부분을 형성하면서 동시에 다양한 상징성을 내포한다. 먼저 이 두 장면은 성(城)을 중심으로 안과 밖에서 진행되기 때문에 '봉투패턴envelope pattern'의 양상을 띠고 있다. 성의 안쪽에서는 성주 부인에 의한 세 번의 유혹이 진행되며, 동시에 성 밖에서는 성주에 의해 세 번에 걸쳐 사냥이 진행된다. 장소의 차이가 현저함에도 불구하고 유혹과 사냥 장면은 쌍방 간의 밀접한 평행 관계parallelism를 형성한다. 첫째 날 성 밖에서 진행된 사냥은 사냥개와 사냥꾼들의 갑작스러운 출현에 혼비백산한 사슴의 도주 장면으로 시작된다. 한편, 같은 시간 성 안에서는 성주 부인이 은밀히 가윈 경의 침실로 잠입한다. 예기치 못한 성주 부인의 침실 침입으로 가윈 경은 심한 당혹감에 사로잡히며 부인의 동정을 살피기에 여념이 없다. 당혹과 놀라움 그리고 상황 파악을 위한 노심초사 등은 성주 부인의 등장으로 인한 가윈 경의 태도임과 동시에 갑자기 출현한 사냥개와 사냥꾼들에 의해 추적당하는 사슴의 상태를 나타내고 있다. 이 두 장면의 유사성은 성주 부인이 가윈 경을 유혹하는 과정에서 동원된 어휘의 사용에서 더욱 극명해진다. 가윈 경에 접근한 성주 부인은 침대 가장자리에 앉아 몸을 구푸려 가윈 경이 덮고 있는 이불을 단단히 고정시킨다. 이 과정에서 부인이 사용한 "그대는 붙잡혔노라"나 "내가 포획한 기사와" 등의 표현은 성 밖에서 진행되고 있는 사냥 장면을 겨냥한 함의로 간주된다. 또한, 사냥의 결말이 사냥물의 희생(죽음)을 전제로 한다는 점을 감안하면, 가윈 경이 직면하고 있는 유혹의 결말 역시 생사의 문제를 다루게 되는 '목 베기 게임'과 직결되기 때문에 이 두 요소의 유사성은 더욱 강조된다.

또한, 유혹의 장면에서 진행되는 성주 부인과 가윈 경의 화술은 성 밖에서 진행되는 사슴과 추격자 사이의 쫓고 쫓기는 상황을 암시한다.

"남편을 선택한다면 가장 완벽한 가윈 경 그대를 선택하겠노라"는 성주 부인의 말에 가윈 경은 "당신은 이미 훨씬 훌륭하신 분(성주를 지칭)을 선택했습니다"라고 응수하며 빠져나간다. 장시간에 걸친 대화 끝에 성주 부인은 가윈 경의 침실을 나서려 한다. 작별의 키스를 망각한 가윈 경을 향해 성주 부인은 기본적인 기사도의 예법을 어겼다며 가윈 경을 질책한다. 이에 가윈 경이 답한다:

"옳습니다, 부인께서 원하시는 대로 하소서. 〔……〕 당신의 분부를 받들어 키스하겠습니다. 하지만, 당신에게 예의에 벗어난 행동을 범하지 않도록 더 이상 당신의 요구를 감행하지 마소서."

가윈 경의 답변은 상대방 의사를 존중하면서 동시에 자신의 입장을 방어하는 신중한 태도를 반영하고 있다. 일차적으로 가윈 경은 키스를 망각한 자신의 실책을 인정하고 자신을 비하시킴으로써 상대방의 손상된 기분을 회복시키고자 한다. 이로써 가윈 경은 기사도의 다섯 덕목의 하나인 '예의범절(cortaysye)' — 상대방에 대한 배려 — 을 완수하게 된다. 하지만 가윈 경은 키스를 망각한 게 아니고 자신의 처지를 감안하여 키스를 회피했던 것이다. 이러한 회피는, 성주 부인의 노골적인 유혹의 언사가 반복되는 상황에서 알몸 상태로 누워 있는 자신이 먼저 작별의 키스를 건네게 되면 자칫 성적 유혹으로 빠져들 수 있다는 나름대로의 판단에 기인한 것이다. 이러한 판단은 후반부 "제가 당신에게 예의에 벗어난 행동을 하지 않도록 더 이상 당신의 요구를 감행하지 마소서"에서 명확해지고 있다. 이 말은, 가상의 우발적인 상황 — 자의 반 타의 반에 의한 성적 유혹 — 이 부인의 뜻에 반해 실현될 경우, 이는 부인에 커다란 결례를 범하는 결과를 초래하게 된다는 뜻을 품고 있다. 또한 예기치 않은 사태의 방지를 위해 더 이상 무리한 요구를 자제해달라는 경고성 요구를 담고 있다. 하지만 가윈 경이 진정으로 염려하는 것은, 성적 유혹의 결과로 초래될 부인에 대한 결례이기보다는, 성주와 자신 사이의 '신의(fela3schyp)'와 '순결(clannes)'이 손상될 것을 더 염려하고 있는 것이다. 즉, 자신의 명예 보존을 위해 부인에 대한 배려를 표면적으로 내세우고 있는 것이다. 이러한 우회적 화술이 가윈 경의 이중성을 입증한다고 볼 수 있으나 가윈 경이 처한 상황—성주 부인의 유혹으로 자신의 명예가 손상을 입게 되는 처지—을 고려한다면, 성 밖의 사슴이 덫을 피해 달아나듯이 가윈 경의 지혜로운 처사로 보아야 할 것이다. 가윈 경의 숨은 의도를 파악이라도 한 듯 성주 부인은 정중하게 몸을 굽혀 가윈 경에게 작별의 키스를 건넨다. 결과적으로 가윈 경은 키스를 주는 것이 아니고 받게 되는데(말하자면 얻게 되는데), 이는 자신과 성주 사이에 이루어지는 '획득물 교환게임'을 성사시키기 위한 필수 요소로 간주된다. 키스를 받는 가윈 경의 수동적 태도는 작품 구성상의 절묘한 연결고리인 것이다. 그날 밤 '획득물 교환게임'에서 가윈 경은 성주 부인으로부터 얻은 '키스'를 성주에게 건네고 성주는 사냥터에서 잡은 사슴을 가윈 경에게 건넨다. 이로써 성주와 가윈 경 사이의 첫번째 날의 약속은 성사된다.

두번째 날의 유혹에서 성주 부인은 가윈 경에게 "사랑에 관한 애욕적인 이야기"와 "사랑의 기교에 관한 강연"을 강요한다. 가윈 경은 사랑의 주제에 관해서는 성주 부인이 더 해박하다고 치켜세우며 위기를 빠져나간다. 한편 성 밖의 사냥터에서는 두번째 날의 사냥감인 멧돼지와 성주를 비롯한 사냥꾼들 사이에 치열한 공방이 전개된다. 엄청난 크기의 이 멧돼지는 사냥개는 물론 사냥꾼들에게조차 공포심을 불러일으킬 만큼 사납고 난폭하다. 멧돼지와 사냥꾼 사이의 치열한 공방전은, 가윈 경을 유혹하려는 성주 부인의 의지와 상대방의 심기를 건드리지 않으면서 그 유혹을 빠져나가려는 가윈 경의 의도가 충돌하면서 파생되는 갈등구도를 연상케 하고 있다. 또한, 사냥꾼들의 화살이 멧돼지 이마의 강모(剛毛)를 꿰뚫지 못하는데, 이는 성주 부인의 유혹이 가윈 경의 정조를 꺾지 못할 것을 암시한다. 저녁이 되자 성주는 포획한 멧돼지를, 가윈 경은 성주 부인으로부터 받은 키스를 서로 교환한다.

세번째 날에도 유혹은 지속되며 성 밖에서는 여우를 잡기 위한 분주한 추격전이 전개된다. 세번째 날은 성주와의 '획득물 교환게임'이 끝나는 날이고 다음 날이면 목숨을 내놓게 되는 마지막 목 베기 게임에 참여하게 되기 때문에 가윈 경의 긴장은 한층 고조된다. 가윈 경은 첫번째 목 베기 게임 이후 죽음의 압박으로부터 한시도 자유롭지 못하다. 사흘째 아침에는 죽음에 대한 고뇌로 잠을 설치게 되고 자신에게 불어닥칠 운명에 대한 생각으로 고통을 겪게 된다. 연속되는 성주 부인의 유혹에 한계를 느끼면서 성주 부인의 사랑을 받아들일 것인가 아니면 불손하게 물리칠 것인가에 대해 고민하며, 동시에 자신의 부정으로 인해 성주와의 '신의'를 파기하게 될 것도 고뇌하게 된다. 위험스러운 순간들을 빠져나간 가윈 경을 향해 성주 부인은 최후의 통첩을 건넨다: "당신 가까이 있는 이 여인을 사랑하지 않는다면 당신은 비난받아 마땅합니다. 만일 애인이 없다면 말이지요."

그러자 가윈 경은 이때까지 보여준 우회적인 화술을 버리고 매우 단호하게 자신의 입장을 표명한다: "성 요한에 맹세코 진실을 말하건대, 나에게는 그 어떤 여인도 없으며 현재 그 어떤 여인도 마음에 두고 싶지 않습니다."

이 말에 부인은 "슬픔으로 살아가겠습니다"라는 말과 함께 가윈 경에 대한 사랑의 정을 접는다. 하지만 유혹은 여기서 끝나는 것이 아니고 성주 부인이 제안한 사랑의 징표 교환에서 다시 지속된다. 성주 부인이 이루지 못한 사랑에 대한 위안의 표시로 가윈 경의 장갑을 요구하자, 자신의 장갑이 사랑의 징표가 될지 모른다는 생각에 장갑의 무가치성을 핑계로 이를 거절한다. 그러자 성주 부인이 가윈 경에게 자신의 반지를 사랑의 징표로 받아줄 것을 요구한다. 가윈 경은 "당신에게 합당히 줄 것이 없으니 그 어떤 것도 받지 않겠소"라며 재차 성주 부인의 요구를 거절한다. 그러자 성주 부인은 반지가 너무 고귀한 것이기 때문에 가윈 경이 받기를 부담스러워한다는 생각에 그보다 가치가 덜한 녹색 허리띠를 제공한다. 처음에는 거절의 뜻을 보였으나 이 녹색 띠가 생명을 지켜준다는 성주 부인의 말에 귀가 번쩍 뜨인 가윈 경은, 그 녹색 띠를 받게 된다. 드디어 저녁이 되어 성주와 가윈 경 사이에 '획득물 교환게임'이 진행된다. 성주는 약속대로 그날 얻은 여우 가죽을 건네지만 가윈 경은 녹색 띠 대신 세 번의 키스만을 건넨다. 녹색 띠를 성주에게 건네게 되면 자신은 다음 날의 목 베기 게임에서 목숨을 잃게 된다는 생명 보호본능에 입각한 세상적 판단에 순응했기 때문이다. 중세의 동물 도상학에 의하면 사슴은 육flesh을, 맷돼지는 악devil을, 여우는 세상world을 뜻하게 되는데, 세번째 날 이상주의를 뒤로하고 자신의 목숨을 보존하기 위해서 녹색 띠를 숨긴 가윈 경의 현실적이고 세상적인 판단은, 세번째 날 사냥터에서 자신의 민첩함으로 덫을 잘 피해가다 결국은 함정에 빠져버리는 세상의 상징인 여우의 행적과 일치하게 된다.

　다음 날 진행되는 마지막 목 베기 게임은 사흘 동안 보인 가윈 경의 행동에 대한 도덕적 판단의 성격을 지닌다. 성주인 녹색기사는 세 번의 내려침을 시도하지만 실제로는 한 번에 그치며 그나마 가윈 경의 목을 절단하지 않고 가벼운 상처만 남기고 게임을 종료한다. 성주는 자신이 녹색기사이며 성 안에서의 '유혹' 은 가윈 경을 시험하기 위해서 자신이 꾸민 일이라고 밝힌다. 또한 목에 상처를 입힌 것은 가윈 경이 목숨을 사랑한 나머지 '신의' 의 상징인 '획득물 교환게임' 의 법칙을 지키지 못한 대가라고 알려준다. 이에 가윈 경은 심한 굴욕감과 창피를 느끼며 '비겁함' 과 '탐욕' 으로 인한 자신의 죄를 고백하고 진정으로 회개한다. 생명에 대한 집착으로 인해 가윈 경은 기사도의 이상주의를 실현하지 못한다. 엄격한 의미에서 판단하면, 다섯 가지 덕목 중 가윈 경이 지키지 못한 것은 '신의' 의 도리이다. 하지만 이 한 가지 결여로 인해 자신의 본성이 파괴되었다고 자책하는 가윈 경의 태도는, 자신의 내면세계를 성찰한 후 진정한 자아를 정립하여 육flesh의 한계를 극복하려는 구도자의 모습과 조금도 다를 바 없다. 이제 가윈 경은 '이상과 현실 사이의 갈등' 을 넘어서 다섯 가지 덕목의 총체인 '진실(trwe)' 을 향한 또 다른 모험을 행하게 된다.

얽힘구도를 둘러싼 목 베기 게임과 유혹 그리고 획득물 교환게임의 세 요소는 『가윈 경과 녹색기사』의 핵심 구성 요소로서 동시에 작품에서 추구되는 '이상과 현실 사이의 갈등' 이라는 철학적 주제에 대한 해답의 실마리를 제공한다. 하지만 이 세 요소는 가윈 경의 방패에 새겨진 오각 별표와 같이 상호간에 유기적으로 결합되었을 때 비로소 총체적 의미를 형성한다. 자아발견을 위한 가윈 경의 모험은 첫번째 목 베기 게임을 시작으로 유혹 그리고 획득물 교환게임순으로 진행되어 마지막에 다시 목 베기 게임으로 끝나게 된다. 완벽한 기사도의 실현은, 다섯 가지 덕목인 관대함, 신의, 순결, 예의범절, 연민의 실행에 있게 된다. 가윈 경의 도덕성에 관한 판단은 마지막 목 베기 게임 때까지 보류되나 앞서 전개된 첫번째 목 베기 게임과 유혹 그리고 획득물 교환게임에서 최종 판단을 위한 구성 요건들이 이미 충족된다. 즉, 첫번째 목 베기 게임에서는 가원 경의 군주에 대한 '신의'와 '관대함' 그리고 '연민'이, '유혹'의 장면에서는 '신의'와 '예의범절' 그리고 '순결'이 입증된다. 하지만 획득물 교환게임에서 가원 경은 녹색 띠를 숨김으로써 성주에 대한 '신의'를 저버리게 된다. 이 상향에 다다르지 못한 가원 경의 결점은 생명 보호본능에서 기인한 것이다. 가원 경은 녹색기사와 달리 육신의 본능에서 완전히 해방되어 있지 않기 때문에 녹색 띠를 숨기게 되고, 두번째 목 베기 게임에서 녹색 띠를 두르고 게임에 임하게 된다. 또한, 약속을 어기고 도끼날이 무서워 몸을 움츠리는 비겁함을 드러낸다. 이러한 결점에도 불구하고 가원 경은 최고의 완벽한 기사라는 칭호를 듣게 된다. 비록 완벽함에는 도달하지 못했으나 가원 경이 보여준 행동은 인간이 주어진 상황에서 취할 수 있는 최선의 도덕률로 인정되기 때문이다. 자신의 한계와 허물을 인정하고, 양심의 가책의 상징인 녹색 띠를 통하여 자신의 내면세계를 끊임없이 성찰하는 가원 경의 자세는 진정한 기사도의 전형으로 간주된다.

'대산세계문학총서'를 펴내며

근대문학 100년을 넘어 새로운 세기가 펼쳐지고 있지만, 이 땅의 '세계문학'은 아직 너무도 초라하다. 몇몇 의미 있었던 시도에도 불구하고, 전체적으로는 나태하고 편협한 지적 풍토와 빈곤한 번역 소개 여건 및 출판 역량으로 인해, 늘 읽어온 '간판' 작품들이 쓸데없이 중간 되거나 천박한 '상업주의적' 작품들만이 신간 되는 등, 세계문학의 수용이 답보 상태에 머물러 있었음을 부인하기 힘들다. 분명한 자각과 사명감이 절실한 단계에 이른 것이다.

세계문학의 수용 문제는, 그 올바른 이해와 향유 없이, 다시 말해 세계문학과의 참다운 교류 없이 한국문학의 세계 시민화가 불가능하다는 의미에서, 보다 근본적으로, 우리의 문화적 시야 및 터전의 확대와 그 질적 성숙에 관련되어 있다. 요컨대 이것은, 후미에 갇힌 우리의 좁은 인식론적 전망의 틀을 깨고 세계 전체를 통찰하는 눈으로 진정한 '문화적 이종 교배'의 토양을 가꾸는 작업이며, 그럼으로써 인간 그 자체를 더 깊게 탐색하기 위해 '미로의 실타래'를 풀며 존재의 심연으로 침잠하는 작업이라 할 수 있다.

우리의 현실을 둘러볼 때, 그 실천을 위한 인문학적 토대는 어느 정도

갖추어진 듯이 보인다. 다양한 언어권의 다양한 영역에서 문학 전공자들이 고루 등장하여 굳은 전통이나 헛된 유행에 기대지 않고 나름의 가치 있는 작가와 작품을 파고들고 있으며, 독자들 또한 진부한 도식을 벗어나 풍요로운 문학적 체험을 원하고 있다. 새롭게 변화한 한국어의 질감 속에서 그 체험이 이루어지기를 바라는 요청 역시 크다. 그러므로 필요한 것은 어쩌면 물적 토대뿐일지도 모른다는 판단이 우리를 안타깝게 해왔다.

이러한 시점에서, 대산문화재단의 과감한 지원 사업과 문학과지성사의 신뢰성 높은 출간을 통해 그 현실화의 첫발을 내딛게 된 것은 우리 문화계의 큰 즐거움이 아닐 수 없다. 오늘의 문학적 지성에 주어진 이 과제가 충실한 결실을 맺을 수 있도록, 우리는 모든 성실을 기울일 것이다.

'대산세계문학총서' 기획위원회

대 산 세 계 문 학 총 서